Trois Nouvelles

ET

UN CONTE,

PAR

ALFRED DESROZIERS.

TROIS NOUVELLES

ET

UN CONTE.

IMPRIMERIE DE JULES DIDOT L'AINÉ,
RUE DU PONT-DE-LODI, N° 6.

TROIS NOUVELLES

ET

UN CONTE,

PAR

Alfred Desroziers.

Si ce n'est un poëte, au moins il le veut estre.
MATHURIN REGNIER.

PARIS
THÉOPHILE BARROIS ET BENJAMIN DUPRAT,
RUE HAUTEFEUILLE, N° 28.

1833.

A MON ÉDITEUR.

Préface, que me veux-tu ?

Vous dites donc, monsieur, qu'il faut une préface ? —
Mais que dire au lecteur ? — Voulez-vous que je fasse
De mon œuvre imparfaite un éloge complet,
Que je dise : Admirez, messieurs, ce que j'ai fait ;
Que je dénie à tous le droit de la critique ;
Que, prenant de nos jours l'arrogance comique,

VIII.

Je détaille à plaisir mes nombreuses beautés,
Mon esprit, mon talent, par d'autres contestés ?
Ou bien irai-je encore, ennuyeux pédagogue,
N'admirant que moi seul dans un long monologue,
D'une école nouvelle afficher les leçons ? —
A quoi bon tant de mots et de sottes façons ? —
Pourquoi donc étaler mon orgueil de poëte,
Et d'un petit esprit la jactance indiscrète ? —
Je n'ai qu'un mot à dire, et je le dis ici :
Messieurs, j'ai fait des vers, et ces vers, les voici. —

A. D.

UNE VENGEANCE.

A M. J. J. AMPÈRE.

UNE VENGEANCE.

In scatter'd groups upon the golden sand,
They game — carouse — converse — or whet the brand;
Select the arms.

Lord BYRON'S CORSAIR.

I.

Un jour, j'avais voulu franchir les Pyrénées,
Ces murs bâtis par Dieu devant nos pas vainqueurs,
Qui, d'une neige aride à jamais couronnées,
Ont les pieds cachés dans les fleurs ;

Qui dominent les champs et de France et d'Espagne,
Interposant leur force au sein de nos débats,
Comme de fiers géants qui ferment la campagne
En étendant leurs bras.

II.

J'aime ces grands tableaux que nous offre la terre :
L'hiver de ces rochers enté sur le printemps ;
Ce chaos effrayant, ce monde solitaire
Contre lequel s'use le temps. —
Là tout est grand et fort, là Dieu se fait connaître ;
Ces monts, géants de glace, et ce gouffre béant,
Sont nés avec le monde, et ne cesseront d'être
Qu'au retour du néant. —

III.

J'aime le son lointain que jette l'avalanche,
Le bruit du vent qui court dans les rochers épars,
Le nuage arrêté par le roc qui le tranche,
Mon front perdu dans les brouillards ;

Et lorsque le torrent se rue à la campagne,
Brisant digues, maisons, qu'il traîne en bondissant,
J'aime à le voir lancer des quartiers de montagne
Qu'il arrache en passant. —

IV.

Dans un étroit sentier que borde un précipice,
Où l'œil du voyageur jette un regard tremblant,
Je marchais, épuisé, lorsque d'un feu propice
J'aperçus le reflet brillant.
J'avais gravi des monts les cimes entassées,
Pour mes jarrets pesants le chemin était long,
Et du brouillard des nuits les nappes condensées
Descendaient au vallon. —

V.

C'était l'heure où l'amant court, frémissant d'avance,
Vers l'asile discret où l'attend le bonheur,
Réaliser le rêve, enfant de l'espérance,
Qui du temps trompa la lenteur;

L'heure voluptueuse où, la tête baissée,
Songeant de doux baisers et de larmes d'amour,
La vierge s'abandonne aux jeux de sa pensée,
Qu'avait distraits le jour;

VI.

L'heure douce où l'on prie, où l'on soupire, où l'ame
Nous formant un présent dans l'obscur avenir,
Donne à l'adolescent les baisers d'une femme
Que sa bouche voudrait saisir;
Où les sylphes légers aux ailes transparentes,
Recueillent sur les fleurs un parfum frais et doux,
Pour embaumer la couche où dorment les amantes
Et les nouveaux époux. —

VII.

L'espoir en cet instant allégea ma fatigue.
Trois hommes se tenaient assis devant le feu,
L'air heureux, et prouvant d'une main très prodigue,
Que du jeûne ils n'avaient fait vœu;

De longs poignards aigus pendaient à leur ceinture,
Auprès d'eux des fusils sommeillaient sur le roc,
Des pistolets brillants, martiale parure,
Reposaient près d'un broc.

VIII.

Plus loin, de lourds ballots entassés pêle-mêle,
Des tonneaux parfumés que goûtait l'odorat ; —
D'un si riche chaos le désordre infidèle
De ces gens trahissait l'état.
Je maudis de bon cœur la lueur mensongère :
C'étaient des Espagnols, et des contrebandiers,
Et je n'espérais pas, d'après leur caractère,
Les voir hospitaliers.

IX.

En effet, leur regard sur moi tombait à peine,
Que tous trois à-la-fois cessant leur entretien,
J'entendis (comme alors je regrettais la plaine !)
Claquer la détente d'un chien. —

M'échapper en fuyant, c'était chose impossible ;
Je n'avais qu'un moyen : paraître en suppliant ;
Et je cachai ma peur dans ce moment pénible,
Sous un air confiant.

X.

Je crus qu'en les priant, leur demandant asile,
Je pourrais exciter leur générosité :
Je leur dis qu'étranger, habitant de la ville,
J'avais par curiosité
Voulu franchir ces monts ; et que j'avais sans guide
Imprudemment bravé ce péril inconnu ;
Qu'enfin j'étais tombé dans un sentier perfide,
Où je m'étais perdu.

XI.

Et je leur demandai du pain, puis une place
Auprès de leur bon feu pour y passer la nuit. —
J'attendais, inquiet, l'effet que mon audace
Sur ces brigands avait produit. —

Cependant, du regard tous trois s'interrogèrent;
Et je suivais leurs yeux, y cherchant de l'espoir,
Quand, presque au même instant, les armes se baissèrent,
Et l'on me fit asseoir.

XII.

On me passa le pain, l'outre en rond promenée;
J'avais, n'ayant plus peur, retrouvé l'appétit,
Et l'estomac, à jeun depuis la matinée,
Parlait bien plus haut que l'esprit. —
Enfin cette façon franche, sinon prudente,
Auprès de ces gens-là plaidait en ma faveur;
Après quelques instants ma faim insouciante
Avait gagné leur cœur.

XIII.

On ne se gêna plus, la gaîté devint folle;
L'outre qui commençait à plier sous le doigt,
Donnait alors du sel à la moindre parole:
Qui n'a pas d'esprit quand il boit? —

Un de mes compagnons me frappa de surprise
Par son air imposant, sur-tout par ses discours,
Respirant à-la-fois de ruse et de franchise
Un étonnant concours.

XIV.

En effet, à la fraude ayant voué sa vie,
Au glaive de la loi s'exposant chaque jour,
Il ne parlait du ciel qu'avec respect, envie,
Et des femmes qu'avec amour.
On voyait que chez lui régnaient d'autres pensées
Que le calcul du gain et ses rudes travaux :
Son esprit franchissait les gerbes entassées
De ses riches tonneaux.

XV.

Mais jusqu'à son métier qui l'avait pu conduire ?
Quel crime, ou quel malheur l'avait jeté si bas ?
D'où venait-il ? Lui seul aurait pu m'en instruire. —
L'en prier !... je ne l'osais pas.

Cependant quelques mots dits avec négligence,
Ma curiosité, tout cela m'enhardit...
Au bout de quelque temps j'obtins sa confiance. —
Voici ce qu'il me dit. —

Que me font ces vallons, ces palais, ces chaumières,
Vains objets dont pour moi le charme est envolé?
Fleuves, rochers, forêts, solitudes si chères,
Un seul être vous manque, et tout est dépeuplé.

A. DE LAMARTINE.

I.

Ne fûtes vous jamais pris de cette folie
Que l'on appelle amour?—Mon dieu, si; n'est-ce pas?—
On ne peut bien aimer qu'une fois dans sa vie;
Mais une au moins. — C'est un faux pas
Que fait chacun de nous, plus tôt, plus tard, n'importe!—
Moi, cela m'arriva. J'avais alors vingt ans;
J'étais vif, et j'avais une ame ardente et forte,
Plus encor que les sens.

2

II.

Celle que j'adorais était une Andalouse
Aux cheveux longs et noirs ; vous eussiez envié,
Si vous l'eussiez pu voir dansant sur la pelouse,
Son corps souple et son petit pied ;
Ses yeux où la pensée était toute de flamme ;
Et sa bouche riante, où venaient tour-à-tour
Se jouer en passant, échappés de son ame,
Baisers et mots d'amour.

III.

J'aimais !... Je ne veux pas essayer de vous peindre
Quel était cet amour dont mon cœur s'enivra :
A détailler une ame on ne peut pas atteindre ! —
J'aimais !... Ce seul mot suffira. —
J'aurais, loin des taureaux, des danses du village,
Passé des jours entiers heureux à ses genoux ;
Et la regardait-on, ma main glissait de rage
Sur mon stylet jaloux.

IV.

L'amour double en naissant les forces de notre ame :
Il briserait ces rocs s'il en était jaloux ;
Lorsque dans votre sang il a versé sa flamme,
Tout danger faiblit devant vous.
L'homme est fort quand il aime. Enlevez sa maîtresse,
Il n'épuisera pas sa rage en pleurs, en cris ;
Il lui faudra du sang, ainsi qu'à la tigresse
Pour venger ses petits.

V.

Voilà ce qu'on me fit, on me prit mon amante.—
Laissez-moi respirer pendant quelques instants...
Lorsque j'ose en parler, j'ai l'ame haletante...
Et de cela, voilà vingt ans ! —
J'en ressens une soif que jamais rien n'étanche...
Ce souvenir est là, comme un poids accablant ;
Je suis faible et sans pouls, comme si l'avalanche
M'étouffait en croulant. —

VI.

Allons, pardonnez-moi cet instant de faiblesse ;
Il trouble rarement mon calme habituel :
Tel en ce beau pays, auquel Dieu s'intéresse,
Passe un nuage dans le ciel. —
Depuis j'ai vu souvent des scènes de carnage ;
Du sang noir dégouttant du bout de mon poignard ;
Des têtes de mourants où grimaçait la rage,
A l'œil terne et hagard. —

VII.

Ce souvenir ne peut ensanglanter mes rêves,
Rendre mon vin amer, et mes jours inquiets. —
J'ai revu dans des corps gisant froids sur les grèves,
Les balles de mes pistolets.
Oui, c'est vrai ;—mais mon bras ne fit que me défendre ;—
Pourquoi m'attaquait-on en vertu d'une loi !...
Puisque dans mon pays je ne puis plus descendre,
Ces rochers sont à moi. —

VIII.

Mais quant à mon amour, il trouble encor mon ame. —
Vous me comprendrez bien, car vous devez savoir...
Vous savez quel empire a sur nous une femme,
Comme elle sait nous émouvoir. —
L'homme chante les cieux, ou s'élance au carnage,
Prie, ou dicte des lois sur des plaines de sang ;
Une femme sourit, le héros ou le sage
Se courbe obéissant. —

IX.

Cela doit être : — elle a tant de charme et de grace ! —
Pour moi, si je tenais un homme,... un ennemi ;
Rampât-il à mes pieds, honteux, la tête basse,
Les mains jointes, criant : Merci !
Sans hésiter d'un pas, j'irais au précipice
Le plus profond de tous, et je l'y pousserais ;
Car se venger, pour moi, n'est que faire justice,
Et je la lui ferais. —

X.

Eh bien ! dans ce moment, qu'il arrive une femme
Avec ses grands yeux noirs, que belle de douleur
Elle dise : Pardon !... l'homme fût-il infame....
Oui... oui, j'y forcerais mon cœur.
C'est que sa voix possède un charme qui m'étonne ;
C'est que voir une femme, ange pur et divin,
C'est comme si, le soir, je voyais la madone
Au détour du chemin. —

XI.

Près des lieux enchantés que parait ma maîtresse...
(Ah ! j'oubliais, son nom était Mariquita),
Vivait un grand d'Espagne, encor dans la jeunesse :
C'est lui qui pour toujours m'ôta
Tout espoir de bonheur. — Issu de race antique,
Qui ne l'est pas chez nous ? — mais riche et protégé,
Son orgueil méprisa ma colère énergique...
Je m'en suis bien vengé. —

XII.

Vous êtes-vous vengé d'une tête hautaine?
Avez-vous savouré la mort d'un ennemi?
L'avez-vous rejeté, frappé par votre haine,
    A l'enfer qui l'avait vomi?
Dites, l'avez-vous vu sous vos yeux se débattre?
L'avez-vous entendu crier: Pardon! pardon!
Avez-vous pu, le cœur satisfait de l'abattre,
    Sourire en disant: Non? —

XIII.

Eh quoi! vous n'avez pas palpité de vengeance?
Je vous plains: c'est le feu qu'on enleva du ciel. —
Quand je le fis, les cieux écoutaient en silence,
    Et le monde était mon autel. —
Je me crus un instant le maître de la terre:
Peuples, rois, mon pouvoir était plus grand qu'eux tous;
Je m'égalais à Dieu qui lance son tonnerre
    Pour se venger de nous.

XIV.

Vous semblez étonné : — vous allez me comprendre. —
Un matin, d'un voyage à la fin de retour,
Précipitant mes pas, je courus sans attendre,
Aux lieux où m'attirait l'amour. —
Quel bonheur j'amenais ! quel accueil sans mystère !
Ma bouche étancherait des pleurs délicieux ;
Je rêvais ce moment où les corps sont sur terre
Et les ames aux cieux. —

XV.

Bientôt je vois de loin la maison desirée :
Ma main à coups pressés sentait battre mon cœur ;
Je vois flotter un voile, une main adorée
Semblait m'appeler au bonheur.
Je cours, j'arrive enfin : tout est dans le silence ;
Le voile était un linge appendu pour sécher.
J'appelle, tout se tait ; je marche, puis balance,
N'osant pas approcher ; —

XVI.

Car ce morne silence était une barrière
Que je n'osais franchir. Enfin je m'enhardis :
J'entrai ; mais je sentais se coller à la pierre
Mes pieds par la peur engourdis.
J'entrai ; mais la maison était vide et muette :
J'aperçus le rouet, alors silencieux,
Près duquel j'avais fait claquer la castagnette
Mêlée aux chants joyeux.

XVII.

J'appelai ; mais ma voix se perdit sans réponse :
L'écho la renvoya triste comme un adieu.
Ce vide, où d'un malheur j'entrevoyais l'annonce,
Me fit peur ; je quittai ce lieu.
J'interrogeai par-tout ; je fus forcé de croire
Qu'au néant du malheur le destin me jetait,
Que j'avais trop choyé l'espérance illusoire
Qu'un seul jour abattait. —

XVIII.

Aujourd'hui je ne puis vous en parler sans rage ;
Jugez si dans ce temps je pliai sous le sort...
Mais pour pùnir celui qui fait un tel outrage,
Hélas ! c'est trop peu de la mort.
De Dieu que ne peut-on égaler la vengeance,
Tourmenter sans tuer, et se venger long-temps...
Autant qu'on se souvient... sans trancher l'existence
Amasser les tourments !

XIX.

Mais là haut de son ame on a pesé le crime... —
J'appris donc qu'Alvarès... cet homme... ce seigneur,
Secondé par la nuit, avait creusé l'abyme
Où s'écroulait tout mon bonheur ;
Car il osa, jeune homme, enlever ma maîtresse,
Réveillée en sursaut, dans les draps de son lit,
Au milieu d'une foule insolente d'ivresse,
Comme on prend un bandit.

XX.

Il l'emmena chez lui, presque morte, en délire,
Sans un regard ami qui pût la soulager;
Il osa par la force... A quoi bon tout vous dire?
Je n'avais plus qu'à la venger. —
Ma rage, vous verrez, ne fut pas inactive;
De ces héros de nuit aucun n'y fut soustrait. —
Dans le château du monstre on la tenait captive... —
Mon plan fut bientôt fait. —

XXI.

J'avais quelques amis incapables de crainte
Sur lesquels je comptais, de hardis compagnons;
C'est devant cette cour que j'allai porter plainte:
Partons! me dirent-ils, partons!
Ce que je ressentais, chez eux fut unanime,
C'était un même cœur; ils criaient: Conduis-nous! —
J'admirais, enivré, la colère sublime,
Fille de mon courroux.

XXII.

Sans laisser un instant refroidir leur courage,
Je donne le signal : nous partons. — Vers le soir,
Nous vîmes ce palais si joyeux où ma rage
Voulait jeter le désespoir. —
Les fenêtres brillaient de l'éclat des lumières,
Le vent nous apportait le son des instruments
Comme un défi ; ces chœurs de voix douces et fières
Me semblaient discordants.

XXIII.

Je dispose sans bruit mon bataillon docile :
Nous entrons dans les cours de différents côtés,
Et le poignard discret ouvre un chemin facile
A mes projets bien concertés..
Le bruit des instruments et les éclats de rire,
Les chansons, les propos engendrés par le vin,
Guident nos pas errants que presse mon délire
Vers cet antre assassin.

XXIV.

Enfin nous arrivons. — Prêtez-moi bien l'oreille,
Et vous nous jugerez, cet Alvarès et moi ;
Car jamais dans mes nuits le remords ne m'éveille,
J'attends mon destin sans effroi.
Lorsque m'appellera le juge de la lice,
Sur mon bras découvert je montrerai le sang,
M'écriant : Comme toi, Seigneur, j'ai fait justice,
En ton nom tout-puissant. —

XXV.

Nous entrons dans la salle où s'étalait l'orgie,
Où ces loups dévorants hurlaient en se vautrant ;
De la vile débauche ils savouraient la lie,
Et le vice était délirant.
Des hommes succombant au sommeil de l'ivresse ;
Des regards assortis aux mots luxurieux ;
Du vin coulant à flots, une lourde allégresse,
Tout y choquait les yeux. —

XXVI.

Une femme, une seule, assistait à la fête,
Belle de ses bijoux moins que de ses attraits;
La fleur de l'églantier se jouait sur sa tête,
Dans ses cheveux d'un noir de jais.—
La fleur était moins pâle encor que son visage : —
Comme un marbre glacé qu'ainsi l'on ajusta,
Son corps seul assistait à leur fête sauvage...
O dieu !... Mariquita !...

XXVII.

Ils chantaient, ils chantaient ! lorsque ma voix tonnante
Interrompit leurs chants... Ainsi qu'au sein des mers
Le dieu du mal souvent de sa voix éclatante
Appelle les tyrans des airs ;
Un calme d'un instant précède la tempête,
Et puis soudain les flots mugissent emportés.
Ainsi fut, quand ma voix au milieu de leur fête
Dit leurs iniquités. —

XXVIII.

Ce fut d'abord chez eux l'étonnement stupide;
Puis, l'ivresse bientôt le cédant au danger,
Ils se levèrent tous; mais d'un geste rapide
J'éteignis ce feu passager.
Chacun d'eux à l'instant sentit sur sa poitrine,
D'un pistolet armé l'implacable canon;
Un seul, voulant bouger, tomba. — Ma carabine
Leur fit crier pardon. —

XXIX.

Une douleur encor me restait inconnue...
Au moment de terreur où mon cri retentit,
S'éveillant à ma voix si long-temps attendue,
La pauvre enfant, elle me vit;
Elle voulut courir, demander assistance:
Elle ne fit qu'un pas, et ne put arriver;
Elle tomba sans force, et perdit connaissance
Pour ne la retrouver. —

XXX.

Quand je vis que mes soins la laissaient toujours froide,
Que tout était fini jusqu'au retour là haut,
Car même entre mes bras elle devenait roide,
    Alors je me dis : Il le faut.
« Amis (des pleurs coulaient sur leurs visages mâles),
« Prions. » — On se courba : — puis je lui dis adieu !
Ensuite j'embrassai ses pieds, ses mains si pâles,
        Comme l'on fait à Dieu.

XXXI.

Sur son visage hier si frais, qu'ornait la vie,
Je rejetai son voile, et je cachai ces fleurs
Qui paraient la victime au jour de l'agonie,
    Pour insulter à ses douleurs.
Puis je me relevai. Je vis que ceux-là même
Que sa mort condamnait, en étaient oppressés;
Car c'était pour eux tous un terrible anathème !...
        Ce n'était pas assez.

XXXII.

« Alvarès ! m'écriai-je, il est temps. — Vois, l'aurore
« De ses feux rayonnants va rougir l'orient ;
« Mais ce n'est pas pour toi que le ciel se colore :
« Cours à l'enfer impatient ;
« Car du fil de ta vie aujourd'hui je m'empare.
« Avant que du matin l'angélus ait tinté,
« Ton ame aura franchi le pont qui nous sépare
« De notre éternité. —

XXXIII.

« Tais-toi, ferme ta bouche à d'odieux blasphèmes ;
« Prends garde, du tombeau ton pied presse les bords ;
« Alvarès, pense à toi dans ces moments suprêmes ;
« Tais-toi, n'insulte pas aux morts. —
« Ce corps vaincu par toi, c'était là mon amante ;
« Ce cœur qui sous ta main s'est si vite arrêté,
« M'appartenait à moi ; plaisir, joie enivrante,
Tu m'as tout emporté.

XXXIV.

« C'était ma femme à moi, mon bien ; c'était ma vie,
« C'était mon univers, et tu me l'as volé ;
« Vol pour vol, entends-tu? sang pour sang.—Je n'oublie
« Pas un mot, tout sera réglé.
« O! tu me paieras tout, torture pour torture,
« Tous les maux que sur nous tes excès ont vomis :
« Ces lieux sont infectés, que ton sang les épure!
« Attachez-les, amis. »

XXXV.

A peine avais-je dit, soudain chaque convive
Sentit presser des nœuds sur ses membres roidis ;
Et je les contemplai, dans leur rage captive,
Liés à leurs riches lambris.
Je lisais dans les yeux des lâches homicides
La peur vile et rampante, et mon cœur jouissait
Dans le cercle vivant de ces cariatides
Que mon regard glaçait.

XXXVI.

Pour lui, le grand coupable, on lui mit sur la tête,
Ainsi qu'il l'avait fait, des couronnes de fleurs ;
Et comme la victime amenée à la fête,
Ses yeux ne trouvaient pas de pleurs.—
Il se mit à genoux, l'œil fixé sur la pierre,
Devant ce corps si beau qui fut Mariquita ;
Puis, rampant à mes pieds, il redit la prière
Que ma voix lui dicta.—

XXXVII.

Il demanda pardon de sa cruelle offense,
De mes projets heureux par lui seul renversés ;
Puis, toujours répétant, il dit que la vengeance
Ne l'atteindrait jamais assez.—
C'est bien ; relève-toi. — Que le ciel te pardonne,
S'il se peut. — Et vous tous, priez ; nous vous laissons
Pour la dernière fois implorer la madone ;
Le jour vient, finissons.—

XXXVIII.

Je me tus ; — rien alors ne troubla le silence,
Que les soupirs bruyants des captifs oppressés,
Qui tâchaient de trouver encore une espérance
Dans mes regards secs et glacés ;
Mais mon cœur était loin de ce pardon indigne ;
Pardon !... Mariquita m'inspirait de là haut :
Appelant un des miens, je ne lui fis qu'un signe,
Il sortit aussitôt. —

XXXIX.

Ce calme était celui qui précède l'orage. —
Lorsque mon compagnon dans la salle rentra,
Son regard me rendit compte de mon message : —
Puis chacun d'eux se retira
En me faisant de loin ses adieux en silence ; —
Et je restai tout seul, selon notre projet,
Pour consommer ainsi la terrible vengeance
Qu'ailleurs on protégeait. —

XL.

Lors, tous mes prisonniers à-la-fois s'écrièrent,
De leur gosier séché tirant à peine un son;
Mais dans les mots confus que leurs voix me lancèrent,
Je distinguai : Pardon ! pardon !
Grace ! ô ! grace ! pitié ! pardon ! Un jour encore !
Dans nos vœux au Seigneur nous mêlerons ton nom;
Une heure, un seul instant ! Laisse-nous voir l'aurore !
Dieu prêche le pardon !—

XLI.

Lui, de ses compagnons surpassait les prières :
Il pleurait ! et ses pleurs rafraîchissaient mon sang;
Il m'offrait ses châteaux, ses richesses entières ;—
De l'or !... rien n'eût été puissant.—
Il me criait : Pitié ! notre mort est un crime,
Pitié ! pitié ! mon Dieu ! Mais je lui répondis :
« Hier tu n'as pas eu pitié de ta victime,
« Et tes vœux sont maudits.

XLII.

« Ta mort n'est pas un crime, elle est une justice;
« Aux forfaits inouïs Dieu ne pardonne pas;
« Je suis son instrument, j'offre le sacrifice :
« C'est encor peu que ton trépas. »
Ils me priaient encor; mais pour toute réponse
Je leur montrai le feu qui perçait le plancher. —
C'était du feu divin l'épouvantable annonce
Qu'ils voyaient approcher. —

XLIII.

Sans m'occuper des cris qui barraient mon passage,
Dans mes bras aussitôt je pris Mariquita;
Et loin de cet enfer où se tordait la rage,
Mon amour bientôt l'emporta.
Mais je me retournai sur le seuil de l'abyme
(Ils crurent que j'allais céder à leur appel),
Et là, je leur montrai de mon doigt leur victime,
Le plancher, puis le ciel.—

XLIV.

Et je hâtai mes pas hors de ce vil repaire.
Je trouvai dans la cour un cheval préparé,
Afin qu'au feu vengeur je pusse au moins soustraire
    Ce corps que j'avais adoré.
Je le mis devant moi, serré sur ma poitrine;
Du voile soulevé ses longs cheveux glissaient;
On eût dit une enfant et souffrante et chagrine,
    Et que mes bras berçaient. —

XLV.

Quant à mes compagnons, dispersés dans la plaine,
Ils observaient le feu qui montait en sifflant.
Voyant que ma vengeance alors était certaine,
    Du cheval je piquai le flanc:
Il partit; nous volions. — Une lueur rougeâtre
Se reflétait sur nous, et de Mariquita
Les traits pâles perdaient le blanc mat de l'albâtre:
    Mon cœur en palpita.

XLVI.

Je crus que ses beaux yeux se rouvraient à la vie
Loin des lieux où son ame avait dû tant souffrir,
Que son cœur souriait, que l'air de sa patrie
La faisait déja refleurir.
Et mon illusion devenait si puissante,
Que je crus, ou plutôt je sentis sur ma main
Un pressement léger de sa main caressante·
L'espoir gonfla mon sein.

XLVII.

Je la serrai sur moi d'une plus forte étreinte;
Je pressai mon cheval : — En avant ! en avant ! —
Trois fois graces au ciel ! il a compris ma plainte. —
Marchons ! — Gloire à toi, Dieu vivant ! —
En avant ! — Le passé peut s'oublier encore ;
Le bonheur est là bas : — cours, dépasse le vent ! —
Nous l'aurons dans ces monts d'où s'élance l'aurore. —
En avant ! en avant ! —

XLVIII.

Mais mon illusion fut de courte durée. —
Nous passions en fuyant derrière un arbre épais,
Qui, nous cachant les flots de la flamme dorée,
M'ôta l'espérance à jamais. —
Je la revis livide en ses habits de fête ;
Ses doigts étaient roidis, ses lèvres sans soupirs.
Adieu, dernier espoir, dis-je en courbant la tête ;
Adieu tous mes plaisirs !

XLIX.

Je fuyais néanmoins. — La flamme délatrice
Avait de ma vengeance arboré le signal,
Et des sbires du mal la sanglante milice,
A la lueur de ce fanal,
Courait de tous côtés chassant la chair humaine : —
Je fuyais ardemment ; — morte comme elle était,
C'était pour elle encor que je traînais ma chaîne,
Et que mon cœur battait. —

L.

J'espérais être loin déja de leur portée ;
Mais soit que des rôdeurs les eussent avertis,
Soit que, par mon cheval la charge supportée
Retînt ses pas appesantis,
J'entendis tout-à-coup, lancée avec adresse,
Une balle siffler : — d'un éperon hâtif,
Mon pied impatient stimula la vitesse
Du cheval inactif.

LI.

J'interrogeais les cieux que blanchissait l'aurore,
Puis la masse des monts se dressant devant nous,
Le feu déja lointain qui, comme un météore,
Jetait au ciel des rayons doux ;
Je calculais le temps, ce que j'avais d'avance,
Mon cheval fatigué, le bruit des coups de feu,
Et voyant qu'ici-bas j'avais peu d'espérance,
J'en appelais à Dieu.

LII.

Une balle une fois, en effleurant ma tête,
De ses cheveux chéris, soulevés par le vent,
Fit voler une mèche, et ma main inquiète
Les rassembla tous par-devant. —
Craignant qu'un coup de feu ne lui fît mal encore,
J'eus bien soin de cacher tout son corps devant moi :
C'était pour elle seule, ange qu'au ciel j'adore,
Que j'avais de l'effroi.—

LIII.

Pourtant, les coups de feu résonnaient davantage;
Je distinguais déja le galop des chevaux,
Quand enfin j'entrevis devant moi le passage
Où je bravais leurs arsenaux :
C'était parmi les monts un étroit labyrinthe,
Obscur et dangereux, peu connu des soldats,
Où j'aurais contre eux tous, moi tout seul, et sans crainte,
Soutenu vingt combats.

LIV.

Il aboutit ici ; je vins chercher refuge
Dans cet endroit désert où depuis lors je vis,
Banni de votre monde où chaque homme me juge
Sans connaître ce que je suis.
Oui, quelques uns m'ont dit un vil incendiaire,
Un homme à qui le meurtre a seul fait un renom ;
Soit ; mais dans mon pays, l'enfant qui me vénère
Se découvre à mon nom.

LV.

Car lorsqu'il faut venger une maîtresse, un père,
Le pardon est un crime, on ne s'appartient pas ;
L'offensé peut lui seul, dépouillant sa colère,
A l'offenseur ouvrir ses bras. —
Quand je pus m'arrêter sans manquer de prudence,
Sans craindre ces soldats, ces juges, ce bourreau,
Je déposai par terre, avec reconnaissance,
Mon douloureux fardeau.

LVI.

Après avoir versé bien des larmes amères,
J'ensevelis ce corps sous un rocher pesant,
Et pas un seul des fils de ces maisons altières
N'a de tombeau plus imposant;
Non, d'un profanateur la puissance éphémère
Ne l'y troublera pas, et de ce monument,
L'archange, le premier, soulèvera la pierre
Au jour du jugement.

LVII.

Puis, à force de soins, je parvins à surprendre
Un prêtre que de force en ces lieux j'amenai.
Il se mit à genoux, pria, bénit la cendre;
Après quoi je l'abandonnai.
Le même soir, au ciel j'aperçus une étoile
Que je n'avais point vue encore; — je le croi,
C'est elle qui là haut à mes yeux se dévoile,
Et qui veille sur moi.

4.

LVIII.

C'est ma religion ; j'adresse mes prières —
A celle de là haut : sans cela, les regrets,
Les desirs de revoir la maison de mes pères,
Rendraient mes rêves inquiets ;
Mais quand je souffre trop, quand mon cœur se déchire,
Je m'en vais contempler le phare qui me luit,
Et que je rejoindrai ; — le jour me le retire,
Aussi j'aime la nuit. —

LIX.

Ne pouvant plus jamais me montrer dans les plaines,
Il me fallait pour vivre adopter un métier ;
Peu soucieux d'ailleurs de vos lois inhumaines,
Je me suis fait contrebandier.
Sans ces lois, j'ai de l'air, du feu, de la lumière,
Je me suis pour toujours soustrait à leur pouvoir.
Mais je vois le sommeil charger votre paupière,
Vous êtes las : — bonsoir. —

LAURETTA.

A M. ADRIEN DE JUSSIEU,

MEMBRE DE L'INSTITUT.

LAURETTA.

Suyvons l'amour, tel en soit le danger.
CLOTILDE.

I.

Le soleil à regret s'exilait d'Italie,
L'air était embaumé du doux parfum des fleurs;
Inspiré par l'amour et la mélancolie,
Le rossignol divin modulait ses douleurs :
Suppliant, il chantait son amour à la rose
Reine encore du jour sous le ciel pâlissant,

Et la brise du soir, près de la mer éclose,
De volupté frémissait en passant
A ces échos plaintifs des soupirs de Pétrarque;
Et la vierge aux yeux noirs, que le chant captivait,
Des bois harmonieux écoutait le monarque,
Et rêvait! —

II.

Une seule à ces chants demeurait insensible:
C'était dans le palais du marquis de Forli,
Servi par la nature, et par l'art embelli,
Mais aux maux de la terre, aux larmes accessible: —
Souvent l'or des plafonds abrite un front rêveur! —
La fille du marquis, Lauretta, jeune et belle,
Une main sur son front et l'autre sur son cœur,
Lisait avidement une lettre; auprès d'elle,
Son ouvrage froissé, pendait négligemment,
Tout son corps frémissait, sa tête était brûlante,
Et sous sa main tremblante
Son sein battait violemment. —

III.

Lisons : « Oh ! prends pitié de moi, ma bien-aimée,
« De la pitié ! je meurs, et tu peux me sauver ;
« Oh ! qu'une seule fois ton haleine embaumée
« Avec des mots d'espoir à moi puisse arriver !
« Mon cœur qui t'appartient est rempli d'amertume. —
« Mais comment se fait-il que tu ne m'aimes pas ?
« Quand je t'aimai toujours, quand l'amour me consume,
« Quand mon cœur chaque jour m'entraîne sur tes pas,
« Moi qui ne puis trouver, en feuilletant ma vie,
« Un instant où mon cœur n'ait palpité pour toi,
« Moi qui ne me connais qu'un rêve et qu'une envie,
« Qui ne compte en mes jours que ceux où je te voi.

IV.

« L'histoire de ma vie est bien courte à te dire ;
« Je t'aimai, voilà tout : jeune enfant, je t'aimais,
« Chaque jour en naissant augmentait mon délire ;
« Je dus aimer toujours, mais être aimé, jamais !

« Connais-tu le tourment de mes nuits solitaires ?
« La fièvre que mes sens puisaient dans mes desirs,
« Quand ton nom se glissant jusque dans mes prières,
« L'emportait sur le Dieu qu'imploraient mes soupirs ?
« Ce feu qui m'entourait et qui brûlait mes veines,
« Quand ta main par hasard avait touché ma main,
« Quand de tes pas légers les traces incertaines
« Venaient à moi s'offrir soudain ?

V.

« As-tu jamais compris ma jeunesse inutile ?
« Mon avenir sans but, déshérité d'honneur,
« Mon esprit vigoureux lâchement infertile ? —
« De la gloire ! jamais... pas même du bonheur ! —
« Pourtant, peut-être aussi j'avais compris la gloire,
« J'aurais pu me créer une immortalité,
« Et j'ai tout jeté là dans mon oisiveté,
« Mon nom n'obtiendra pas un seul mot de l'histoire ;
« Je ne suis rien au monde : — oh ! oui, je regrettais
« Ma jeunesse, à ma honte, en loisirs dissipée.

« J'aurais voulu partir, et m'armer d'une épée...
Mais je t'aimais !

VI.

« Je ne me plaindrais pas, si j'avais, dans ton ame,
« Jeté ce feu rongeur qu'on ne peut étouffer ;
« Mais tu fermes les yeux aux éclairs de la flamme
« Qui me brûle le sein, et ne peut t'échauffer.
« Lauretta, ton amour ?... un jour, et que je meure ! —
« C'est que tu ne sais pas combien on est heureux
« Quand on s'aime... Aime-moi !... non pas un jour, une heure !...
« L'enfer, l'enfer après, j'aurai connu les cieux : —
« N'avoir plus entre deux qu'une ame et qu'une vie,
« Vivre double, sentir, penser d'un même accord,
« Voir la fortune altière à nos vœux asservie,
« Rire même au malheur, et défier le sort !

VII.

« Mais tu ne m'aimes pas, car tu fuis ma présence,
« Et mes rêves sont faux, et le réveil affreux...

« Que craindre encor puisque je n'ai plus d'espérance?
« Que peut-il me manquer pour être malheureux?
« Rien, oh! rien; mais je veux l'apprendre de ta bouche,
« Puis après je fuirai, j'irai loin... Mais par-tout
« Je te retrouverai... N'importe!... mon sang bout
« Lorsque j'entends ta voix, lorsque ta main me touche...
« Il le faut: je t'attends ce soir dans le jardin. —
« De te persuader crains-tu que je m'efforce?...
« Non; — s'il me faut partir, eh bien! j'aurai la force
« De t'embrasser... comme un cousin. »

VIII.

Sur la lettre ses yeux se fixaient, sans la lire,
Son visage brûlant se baissait sur son sein,
On eût dit que sa tête avait pris le délire
Qu'exhalait ce papier tout froissé dans sa main;
Et la nuit arrivait: quelques pâles étoiles
Perçaient le crépuscule et scintillaient aux cieux,
Et les arbres touffus jetaient de larges voiles

Sur les gazons plus frais où s'égaraient les yeux ;
Dans le silence obscur, le bruit de la cascade
Réveillait seul l'écho des bosquets odorants,
Et les lustres brillants dessinaient la façade
Du palais fortuné, prison des deux amants.

IX.

Lauretta, ton amant se meurt d'impatience ;
Le ciel est plus obscur, écoute, un léger bruit
Dans le feuillage épais s'est plaint de ton absence ;
Regarde encor, le soir va fuir devant la nuit ;
Et pourtant elle hésite : enfin elle se lève,
Puis elle se rassied, puis se relève et part ;
Elle marche à pas lents, s'arrête, enfin soulève
Le verrou protecteur, trop facile rempart.
Aller joindre Conrad est loin de sa pensée ;
Mais elle voudrait voir s'il attend, et son pas
Erre encore incertain dans sa marche oppressée,
Que déja son amant la serre entre ses bras.

X.

— « Lauretta, Lauretta, tu comprends donc ma peine ?
Puisque tu viens vers moi comme un ange des cieux,
Mon cœur s'ouvre à l'espoir; dis, un regard de haine
Ne pourra pas sur moi tomber de tes beaux yeux ?
Ah ! quand je t'écrivais : Prononce ma sentence,
Dis-moi de te quitter, la mort au fond du cœur !
C'est qu'alors je souffrais blessé de ton absence,
Près de toi je ne puis comprendre le malheur.
Lauretta, vois, le ciel comme en un jour de fête
Est brillant, et sur nous verse ses feux si doux ;
Puissé-je de mon cœur oublier la tempête,
Et là, sous ton regard, mourir à tes genoux !

XI.

Non, ne me parle pas, ne détruis pas mon rêve,
D'un seul mot avec moi tu peux le renverser ;
Prends garde, ô Lauretta, que ta main ne soulève
Ce voile que mes yeux ne veulent pas percer :

Assieds-toi sur ce banc, puis, un instant encore,
Laisse-moi te parler, t'admirer... Oh ! merci...
Ivresse que mon cœur depuis long-temps implore !...
Que l'univers est beau !... Que l'on est bien ici !
Oh ! je suis fou, je rêve.... oh ! mon cœur se dilate...
Si tu voulais m'aimer ?... Non, non, ne me dis rien,
Tais-toi, tais-toi, je rêve.....oui, mon amour se flatte,
Oui, mais cela me fait du bien.

XII.

Écoute maintenant ; car, malgré mon délire,
Ma tête est moins confuse, et je puis te parler...
Mais j'ai tout oublié... j'avais tant à te dire !...
Je sens bien loin de moi mon esprit s'envoler ;
Oui, je ne sais plus rien, si ce n'est que je t'aime,
Ma douce Lauretta : — si tu voulais m'aimer ? —
Ce martyre d'un seul est un bonheur suprême
Quand il est partagé ; tout alors sait charmer,
Les chagrins d'ici-bas se perdent dans sa flamme,
On n'est plus sur la terre, on habite les cieux.

5.

Qu'importe l'univers ! l'ame s'unit à l'ame
En des baisers délicieux.

XIII.

Et, Lauretta, m'aimer ne serait que justice,
Car l'amour veut l'amour, — et puis qui m'aime ici ?
Personne, — oh ! non ; — je n'ai que ma bonne nourrice
Dont l'œil par ma présence est toujours adouci :
Mais mon oncle, ton père, avais-je sa tendresse
Lorsque j'étais enfant ? et depuis quelques mois,
J'attends toujours en vain une froide caresse
Qu'il m'accordait parfois. —
Je n'ai jamais goûté les baisers de ma mère,
Elle mourut bien jeune, et le fatal tombeau
Se ferma d'un seul coup sur elle et sur mon père,
Quand je riais dans mon berceau.

XIV.

Tu vois qu'il n'est que toi qui de ma solitude
Puisses prendre pitié.

Abrége les tourments de mon incertitude...
Hélas ! ai-je en vain supplié ?
Oh ! réponds-moi : ton cœur comprend-il ma prière ?
Mon réve d'un instant fuit devant ma douleur,
Prononce : ai-je fourni ma pénible carrière ?
Tu sais quelle est mon ame, et d'où vient mon malheur ;
Je retrouve mes maux, prononce ma sentence,
Réponds, réponds, faut-il partir ?
Le ciel n'est plus si beau, l'orage recommence,
O Lauretta, faut-il mourir ?

XV.

Tu ne me réponds pas... Lauretta, mon idole,
Pourquoi de tes deux mains me cacher tes beaux yeux ?
Eh quoi ! n'auras-tu pas un mot qui me console ?
Pas un regard plaintif... je te suis odieux...
Tu pleures... de pitié !... quelle attente cruelle !
Réponds, faut-il partir ? Lauretta ! — Ne pars pas.
— Que je reste en ces lieux ?... et ta voix me rappelle !

Mon Dieu ! tu m'aimes donc?.. te puis-je ouvrir mes bras ?..
Tu ne m'abuses pas ?... laisse-moi voir de grace
Ton visage adoré, le bonheur a son tour;
Dis-moi quels sont ces pleurs dont j'aperçois la trace?
Oh ! si c'était d'amour ! —

XVI.

Eh bien, oui, c'est d'amour ! qui n'aime pas, me blame !
Malgré moi mon secret a débordé mon ame,
Mon courage cruel faiblit devant tes pleurs,
Je fus forte un instant, mais contre mes douleurs.
Oui, je t'aime, oui c'est toi, rêve de mon enfance,
Que mes pensers craintifs demandaient en silence
Au souverain Seigneur ; — mais ton mal n'était rien,
Tu pouvais parler, toi ! — viens, regarde-moi bien;
Oh ! oui, lis dans mes yeux, au milieu de mes larmes;
Qu'ils parlent maintenant ! car c'était trop souffrir ;
Et maintenant au moins ma douleur a des charmes :
Oh ! n'est-ce pas, tu ne veux plus partir ?

XVII.

— Partir, ô Dieu du ciel ! — non, trop courte est la vie,
Conrad, mon doux ami, j'ai vécu comme toi
Avec un seul desir, j'en étais poursuivie
Des jours, des mois entiers ; sois mon seigneur, mon roi
Laisse tomber parfois sur mon ame brûlante
Quelques accents d'amour, et je serai contente,
Et j'aurai trop de biens pour ma part ici-bas...
Je vis enfin... vois donc, l'atmosphère est plus pure
Quand ma tête en tombant repose sur ton bras.
— Oui, Lauretta, l'amour embellit la nature ;
Se peut-il que mon cœur ne crût pas au bonheur ?
C'est un rêve que la douleur !

XVIII.

A mes baisers pourquoi dérobes-tu ta lèvre !
Ne nous aimons-nous pas ? dis-moi, pourquoi ta main
Fuit-elle encor ma main brûlante de la fièvre !
Tout nous semble si beau ! le ciel est si serein !

Ne nous aimons-nous pas, et n'es-tu pas ma femme ?
Nos cœurs nous ont unis, dis, n'es-tu pas à moi ? —
Oh ! oui, je suis à toi, toujours, mon corps, mon ame,
Tout est à toi. » —
Et le vent se taisait, et le ciel fut la tente
De leur lit nuptial, où gémissaient sans bruit
Les baisers de l'amour et la brise odorante ;
Et le vent emportait les soupirs de la nuit. —

Dixitque Caïn ad Dominum : Major est iniquitas mea, quàm ut veniam merear.

GENESIS, cap. IV.

I.

Chaque soir les amants se prouvaient leur tendresse,
Et s'endormaient dans leur bonheur ;
L'avenir oublié n'effrayait plus leur cœur :
Qu'est l'avenir entier devant une caresse?
Qu'est le chagrin d'hier? qu'est le pressentiment
Dont un songe importun amassa le nuage ?

Il a glissé sans bruit, comme la frêle image
Que l'eau reçoit tremblante et caresse un moment ;
L'air souffle et tout s'efface, et les cieux et la terre.
Nos jours, jeux du hasard, sont les flots inconstants
Qui couvrent le passé fuyant avec mystère,
Et le roulent sans voix dans les ondes du temps.

II.

C'était à peu de là, par une matinée
Où tout semblait d'accord avec les deux amants.
Aux charmes d'un beau jour l'ame était entraînée,
L'esprit était plus frais, et les cœurs plus riants ;
Conrad, régénéré, pour un joyeux sourire
Avait alors changé son air triste et rêveur,
Ses yeux n'accusaient plus son malheureux délire,
Et souriaient comme son cœur.
Ils souriaient au ciel, au soleil, à la terre,
A ce parc enchanteur, à ces arbres discrets,
A ces gazons moelleux, au berceau solitaire
Tout palpitant de ses secrets.

III.

Il allait à l'instant voir sa vieille nourrice,
Elle le desirait, il en était heureux;
Toujours de Béatrix la tendresse propice
Consolait l'orphelin en prévenant ses vœux;
Il en avait reçu tous les dons d'une mère,
Son lait et son amour.—Dans ses jeux imprudents
Son regard attentif l'avait suivi naguère:
Plus tard elle épiait ses desirs trop ardents.—
Lui l'aimait d'habitude et de reconnaissance,
Sans elle en ce désert il eût été perdu,
Car lorsqu'il appela sa mère à sa naissance,—
Elle seule avait répondu.

IV.

Il vint,—elle tremblait et semblait inquiète,
Ses yeux étaient baissés; insensible à sa voix,
Elle restait pensive.... Il l'appela trois fois,
Avant que pour le voir elle eût levé la tête;

Mais secouant enfin comme un sommeil profond,
Elle saisit sa main, la serra dans la sienne,
Et s'approcha de lui pour le baiser au front,
Disant : De l'orphelin le Seigneur se souvienne !...
Hors Conrad, son enfant, elle ne voyait rien ;
Et tandis que des pleurs humectaient sa paupière,
Elle le contemplait, l'admirait, toute fière,
Murmurant : Qu'il est bien !

V.

Mais après les transports d'un orgueil légitime,
Le chagrin importun reparut sur son front :
Un éclair de plaisir à passer est si prompt !
Tout s'éteint, hors les pleurs et le remords du crime.
— Conrad, prends ce fauteuil, assieds-toi près de moi,
Je veux d'un grand secret te faire confidence...
Tu n'as pas oublié les jours de ton enfance,
Tu sais si je t'aimai, si je pris soin de toi ;
En as-tu conservé quelque reconnaissance ?
— Vous me le demandez ?... je dirai comme vous :

N'avez-vous pas pris soin des jours de mon enfance?
—Pardon; mais, dits par toi, ces mots me semblent doux.

VI.

Écoute; le secret qu'ici je vais t'apprendre,
Dans mon sein à jamais serait enseveli,
Si depuis quelque temps je n'avais cru surprendre
Des pensers en ton cœur dont mon front a pâli...
Conrad, en ce moment je veux de la franchise...
Vous aimez Lauretta?... réponds, tu l'aimes?... —Moi!
—Vous aimez Lauretta, je le sais, je le voi...
Ah! mon pressentiment ainsi se réalise,
Ainsi je ne puis plus espérer le bonheur,
Même pour lui... Conrad!... ô Seigneur, tu te venges!
Mes cris n'ont pu percer les chœurs de tes archanges...
C'en est fait... et c'est moi qui vais briser son cœur!

VII.

On t'a dit qu'orphelin, Conrad, dès ta naissance,
Pour la tienne aussitôt donnant son existence,

Ta mère regagna le ciel d'où tu venais ;
Il n'en est rien : du ciel elle ignore la paix...
Mon enfant ! mon enfant ! c'est moi qui suis ta mère !
—Quoi !... vous !... Mais pourquoi donc m'annoncer le bonheur
Avec un air si triste?... Eh ! mais, quel est mon père?
—Le marquis.—Le marquis !... Lauretta?—C'est ta sœur.
Ma sœur !.. oh! je comprends!.. Le marquis, lui, mon père!
— Conrad, mon fils Conrad, tu ne m'embrasses pas !
C'est pour t'avoir causé cette douleur amère...
Viens au moins pleurer dans mes bras.

VIII.

—Le marquis... le marquis!.. mais ce n'est pas possible,
Car il ne m'aime pas.—Oh ! ne crois pas cela ;
Il cachait son secret sous un front insensible,
Mais souvent dans son cœur la nature parla.
Je dois te dévoiler, hélas ! tout ce mystère,
Dût cet effort trop grand briser mes jours maudits !...
Le marquis ne pouvait s'avouer pour ton père ;

On te dit son neveu... Pour moi, je m'interdis
L'orgueil de me nommer, et le plaisir d'entendre
Ce nom que l'ame entend comme un divin concert.
Je cachais mon amour qu'on n'aurait pu comprendre :
Mon fils, j'ai bien souffert.

IX.

Hélas ! j'étais trop bas sur l'échelle du monde
Pour que l'amour osât m'élever à son rang ;
Je devins, m'oubliant dans ma douleur profonde,
La servante de mon enfant.
Je concentrai sur lui toute mon existence,
Je ne possédais plus d'avenir que le sien :
Sa joie était ma joie et ses pleurs ma souffrance ;
Heureuse quand le fils du noble Italien,
M'accordant quelquefois sa présence adorée,
Visitait par hasard sa nourrice ignorée !
Mais la mer de la vie est sujette au reflux ;
Il apprend qui je suis, et ne me connaît plus.

X.

—Ma mère, oh ! d'où vous vient cette parole dure ?
Mon bonheur est muet devant mon désespoir,
Je l'avoue ; oui, mon cœur en ce moment murmure,
Il le doit : le passé n'est plus en mon pouvoir.
Oh ! oui, croyez-moi bien, si cette peine amère
Pouvait ou s'effacer, ou même s'adoucir,
Ce serait, à coup sûr, devant ce nom de mère
Que je ne prononçai jamais sans un soupir ;
Mais il est des chagrins ici que rien n'efface :
L'éponge ne peut pas épurer l'échafaud,
Un beau jour d'un torrent n'enlève pas la trace ;
Dieu voit tout de là haut !

XI.

Et les yeux de Conrad jetaient un regard sombre
Sur les bosquets touffus, auxquels une heure avant
Il souriait joyeux ; il croyait voir une ombre
Courir en folâtrant ; il entendait le vent

Murmurer mollement les soupirs de l'inceste,
Le ruisseau caressait dans son cours tortueux
Du gazon délicat la volupté funeste,
Les arbres parfumés d'un encens amoureux
S'agitaient doucement aussi frais que la veille,
Et Conrad dans son cœur trouvait le désespoir;
La voix de Béatrix mourait à son oreille;
　Car il pensait à l'approche du soir. —

XII.

Sa mère! elle plaignait l'enfant de sa tendresse,
Mais elle ne savait que moitié de ses maux:
Préviens, lui disait-elle, une fatale ivresse,
N'affronte pas ici d'inutiles assauts,
Pars, et des ans trompeurs le bandeau salutaire
Te voilera, mon fils, la faute du destin;
L'ame naît pour le ciel, et les maux de la terre
S'effacent impuissants devant l'espoir divin:
O du Dieu créateur adorable merveille!
Le temps est un abyme où le passé se perd,

Chaque jour en tombant nous dérobe la veille,
Le remords seul surnage en l'abyme entr'ouvert. —

XIII.

Et lui pensait aussi que le remords surnage,
Qu'il vous poursuit toujours, qu'on ne peut le chasser,
Sur-tout quand, malheureux, on n'a pas le courage
De regretter le crime auquel on veut penser. —
Son amour cependant combattait dans son ame,
Il l'appelait aussi la faute du destin...
Dieu, pour que nous l'aimions nous a donné la femme;
Qu'ai-je fait? c'est lui seul qui m'égare en chemin : —
Qui ne le veut commettre, est innocent du crime;
Pèche-t-on contre Dieu lorsque le cœur est pur?
L'Éternel est trop grand pour creuser un abyme,
Et puis nous y mener par un chemin obscur. —

XIV.

Non, je suis innocent, je verserai des larmes;
Mais au moins le remords ne les sèchera pas. —

Il disait, et déja ressentait les alarmes
Que l'avenir gardait pour chacun de ses pas. —
Sa sœur! ... Devant ce mot ses riantes chimères
Sur l'aile du malheur promptes à s'en aller,
Le quittaient ; comme on voit quelques feuilles légères
Se dessécher au vent et du tronc s'envoler. —
Non, je suis innocent ; — et dans sa tête ardente
Bourdonnaient des baisers altérés de bonheur,
Et des soupirs brûlants l'ardeur impatiente,
Et plus fort que cela, toujours ce mot : ma sœur ! —

XV.

Il faut partir, hélas ! je le comprends, ma mère,
Il faut quitter ces lieux où je croyais mourir ;
Pour qui possède un cœur cette vie est amère,
Et contre le destin il faut bien s'aguerrir :
A peine auprès de vous je trouvais un ombrage,
Le malheur loin d'ici précipite mes pas...
Allons, ne pleurez point, il nous faut du courage,

Je pars... peut-être un jour !.. mais ne nous flattons pas..
Je vais traîner bien loin ma douleur solitaire,
De mon destin funeste il faut subir la loi :
Quand je serai parti pour errer sur la terre,
Ma mère, vous prierez pour moi ?

XVI.

— Je m'exile avec toi ; — non, non, restez près d'elle,
Peut-être qu'elle aura besoin de vos secours...
Mais promettez-le-moi, d'une bouche cruelle
Sur-tout ne troublez pas le repos de ses jours ;
Qu'elle ignore à jamais... elle m'aimait peut-être...
Il ne faut pas risquer... vous me le promettez ?...
Si dans mon ame un jour la paix vient à renaître,
Je reviendrai sans doute aux lieux où vous restez ;
Jusqu'à ce jour, adieu ! bénissez-moi, ma mère,
Priez ; que Dieu pardonne à votre enfant banni !...
Sur-tout aimez-la bien, car elle m'était chère...
Adieu ! dites-lui... non... non, que tout soit fini ! —

XVII.

Le soir venu, Conrad s'enfuyait, et le monde
Devant ses pas était ouvert;
Mais qu'importait pour lui!... cette terre féconde
N'était pour l'exilé qu'un immense désert:
Il voyait du palais scintiller les lumières,
Il en distinguait une, et murmurait: Laura!...
Mais après qu'il eut vu s'éteindre les dernières,
Pour la première fois, à cette heure, il pleura. —
Elle aussi gémissait et pleurait dans l'attente;
Mais elle avait encor l'espoir du lendemain,
Elle craignait au plus une flamme inconstante...
Quant à lui... son malheur n'avait rien d'incertain. —

Though weary waves are sunk to rest,
There's none within his rider's breast;
And though to-morrow's tempest lower,
'T is calmer than thy heart, young Giaour!
Lord BYRON.

I.

Un soleil aussi beau brille sur la nature ;
Mais Conrad a traîné ses jours tristes et lents
Pendant trois ans entiers : — sur sa pâle figure,
Pleurent sous un front nu ses yeux étincelants ;
Ce n'est plus le jeune homme aux passions ardentes,
L'aiglon près du soleil planant d'un vol hardi :

7

Le chagrin vaut le temps ; — les fièvres délirantes
Ont tari de son sang le volcan refroidi ;
De maux trop acharnés son ame est poursuivie,
Comment dans ses combats ne serait-il changé ?
Les veilles de ses nuits ont alongé sa vie : —
Il fut heureux un jour, le sort s'en est vengé. —

II.

Conrad voulait revoir les lieux de son enfance ;
Tout auprès de Forli le voilà de retour,
Non pas que du repos retrouvant l'espérance,
De ce palais fatal il brave le séjour ;
Mais c'est le dernier bien qu'il demande à la vie,
Car c'est là qu'il souffrit, mais c'est là qu'il aima :
Forli, c'est là pour lui qu'est toute l'Italie,
La patrie est aux lieux où le cœur s'anima.
Sous un ciel gris et froid une femme qu'on aime !
Une maison sans or, mais l'amour sur le seuil !
Et le ciel le plus pur et les champs que l'on sème,
Seront tristes, sans voix pour notre cœur en deuil. —

III.

Il s'est assis : — son œil embrasse tout ensemble
Le palais et le parc : il voit, et se souvient ; —
Il entend un troupeau que le pâtre rassemble,
Tout-à-coup celui-ci près de Conrad survient, —
Conrad alors l'appelle, et puis le questionne :
Le marquis ? Béatrix ? — Tout va selon leurs vœux ; —
Que le ciel soit béni du seul bien qu'il me donne !...
(Toujours en écrivant il s'était dit heureux,
Il voulait assurer le repos de sa mère).
Mais elle ?.. il craint d'entendre un mot moins consolant,
Il n'ose interroger... et ne veut pas se taire...
Enfin il se décide, et la nomme en tremblant. —

IV.

Elle est heureuse aussi, comme on l'est à son âge,
Sans chagrins, sans regrets, rêveuse quelquefois,
N'est-ce pas naturel ? Voilà bientôt deux mois

Que l'on a célébré son heureux mariage :
Oh ! que n'était-il là ! car c'était bien brillant,
Son époux est si bon, si beau, presque autant qu'elle ;
Elle avait l'air si doux, si pur, dans la chapelle,
Lorsque le prêtre saint les unit en priant,
Et puis ils s'aiment tant !... Depuis, chaque soirée
Retentit au château des accents du plaisir ;
Riche et bonne, elle est chère à toute la contrée :
Oh ! certe elle est heureuse, et n'a plus de desir. —

V.

Conrad, pas un soupir n'est sorti de sa bouche ;
Dans son cœur déchiré le sacrifice est fait,
Voilà le dernier coup, et plus rien ne le touche,
Rien ; — hors le passé, tout à ses yeux disparaît :
Tel un pieux martyr que le bourreau torture,
Livre son ame à Dieu dans un rêve divin,
Et soutient, en priant, sa débile nature ;
Tel Conrad épuisé supporte son destin.

Un seul instant, un seul, la douleur est affreuse ;
Mais il revient, et dit, l'ame dans le regard :
Oui, c'est juste, ô mon Dieu, qu'elle au moins soit heureuse!
Elle ne savait pas... puis il se lève, et part.

GÉRONIMO.

A MON AMI M. LOUIS ROZET.

GÉRONIMO.

Glace nouvelle,
Toit qui chancelle,
Ciel qui sourit,
Maître qui rit,
Lame émoussée,
Pleurs d'épousée,
Serpent qui dort,
Calme du port,
Un champ qu'on sème,
Un fils qu'on aime,
Neige d'hier,
Soleil d'hiver,
L'amour, la vie,
L'onde et le vent,
A ces choses point ne te fie,
Car ces choses trompent souvent.
J. J. AMPÈRE. (*Sigurd.*)

I.

Pourquoi cette pâleur qui voile ton visage,
Jeune et belle Juliette ? — eh ! d'où vient, à ton âge,

Ton esprit loin du bal, et tes cheveux sans fleurs?
Laisseras-tu tes yeux se ternir dans les pleurs? —
C'est la nuit, aux flambeaux, qu'il faut vivre à Venise,
Quand le rire a cent voix, quand l'archet électrise;
Quand le canal docile, au bal insouciant
Porte mille beautés au pied impatient. —
Venise, où dans l'amour le temps passe et s'effeuille,
Comme Vénus un jour éclose au sein des mers,
Où le bruit des baisers que la brise recueille,
Se mêle avec mystère au bruit des flots amers. —

II.

Heureux, dans sa gondole, au sein des mers paisibles,
Qui dépose la rame, et sous un ciel obscur
Peut bercer sa pensée aux sons intraduisibles
Des instruments plaintifs que lui porte un air pur! —
Venise, à toi des flots les molles rêveries,
Sous un dôme étoilé les plaines infinies
Qui vous parlent du ciel et de l'éternité,

Par qui de l'ame aux sens descend la volupté ;
Puis à toi ces palais, feuillets de ton histoire,
Précieux, mais, hélas ! seuls restes de ta gloire :
A toi ces jours d'attente où nous rêvons d'amour,
A toi ces nuits... ces nuits où nous craignons le jour.

III.

Allons, la nuit est noire et les torches s'allument ;
Qu'attends-tu donc, Juliette ? — A-t-elle donc toujours
Renvoyé la gondole à l'heure des amours ?
Maintenant dans les pleurs ses beaux jours se consument :
Et pourquoi ? — le passé peut-être le dira. —
Même à Venise, il est des cœurs dont le délire
Ne se contente pas d'un baiser, d'un sourire,
D'une nuit dévorante où l'amour s'éteindra :
Qu'est-ce donc ? — il leur faut non le corps seul, mais l'ame,
Il leur faut, à tout âge, à toute heure, en tous lieux,
Par les mêmes pensers alimenter leur flamme,
Ou des fleurs sur la tête ou des pleurs dans les yeux.

IV.

Sur la couche odorante où leur amour sommeille,
Au chevet douloureux où s'éteint le mourant,
Toujours même penser qui dans leur ame veille,
C'est pour eux ou l'enfer, ou le ciel enivrant ; —
C'était ainsi qu'aimait Géronimo : — Juliette,
Tu dois t'en souvenir ; — ce fut son seul amour,
Son premier, son dernier : dans son ame inquiète
Qui rêvait en dormant et qui rêvait le jour
Un seul bien, être aimé ! Cet amour fut candide,
Fut profond, il devint son étoile, son guide ;
Jamais il n'eût pensé que toute autre existât,
Qui pût aussi l'aimer un jour, et qu'il aimât.

V.

Juliette, c'était tout ; car une autre maîtresse,
Qu'en avait-il besoin, puisqu'il était heureux ! —
Ne voyant en nulle autre, attrait, beauté, noblesse,
Ne mettant qu'elle et lui dans ses projets nombreux : —

Tout à l'amour, adieu ses rêves de fortune,
Adieu la gloire, adieu cet immense avenir
Que son esprit long-temps se complut à bâtir ;
Sur ses illusions tombant une par une,
Il jeta sans regrets le voile de l'amour :
Recueillant dans son cœur tous ses trésors d'ivresse,
Il destina sa vie aux soins de sa tendresse,
Comptant sur l'avenir comme sur un seul jour. —

VI.

Un an plus tôt, c'était le rang, l'or, la puissance,
Dont le prisme trompeur éblouissait ses yeux;
Son esprit mesurait sans nulle défiance
La hauteur de ses plans les plus audacieux,
Lui-même avait marqué la fin de sa carrière :
Là je m'arrêterai ; — mais aussi ce n'était
Qu'où l'espoir le plus fou lui-même s'arrêtait; —
Son étoile brillait, et brillait la première,
Ses palais attiraient tout l'or de l'univers,
Son glaive en la balance égalait une armée,

Des poëtes en chœur la verve ranimée
De son nom glorieux enrichissait leurs vers. —

VII.

Quel éclatant destin ! — on ne pourrait décrire
Les rêves insensés que sa tête enfanta,
L'imagination, fée errante, en délire,
A Madrid, au Kremlin, à Stamboul le porta ; —
Colosse inattaquable, un pied sur chaque monde,
Il tint la terre esclave en sa puissante main,
Il joignit (sa pensée en gloire était féconde)
Aux palmes du poëte un glaive souverain :
Bonaparte et Byron, de ce double génie
Il fit le sien, il mit bien au-dessous de lui
Des héros morts, futurs, la foule réunie ;
Il ne vit rien à prendre aux hommes d'aujourd'hui. —

VIII.

César et Mahomet, Homère et Charlemagne,
Qu'étaient-ils ? — à lui seul il dut les éclipser ;

Il dut un jour, ainsi que Dieu sur la montagne,
D'un geste de sa main, d'un mot, tout abaisser,
Peuples et rois : — son nom signifierait victoire ! —
Et puis, quand s'ouvrirait pour lui l'éternité,
Il devait, sans remords, s'endormir dans sa gloire...
Et le monde attentif, confus, épouvanté,
Au souffle du héros liant son existence,
Et du Seigneur des cieux méconnaissant l'appui,
Croirait, tout ébloui de sa vaste puissance,
Qu'il va, branche du tronc, succomber avec lui. —

IX.

C'était fou, — bien, — d'accord ; — mais c'est cette folie
Qui créa les héros : — puis, j'ai dit qu'il rêvait
Un amour partagé, cet amour pur qui lie
Deux cœurs heureux ; bandeau que notre ame revêt
Pour ne pas s'attrister des misères humaines,
Pour rentrer en soi-même et vivre comme aux cieux. —
Un jour il vit Juliette au regard gracieux,

A ces poses sans art qu'ont les Italiennes,
Où la pudeur se mêle avec la volupté,
Au front pur, au teint rose; il s'écria : C'est elle,
Mon cœur la reconnaît; — hélas! elle était belle,
Il la crut bonne aussi : — l'on prête à la beauté. —

X.

Il l'aima, l'insensé, donnant toute son ame. —
Ah! ce n'est qu'à vingt ans qu'on peut aimer ainsi : —
Elle dut s'y montrer sensible, elle était femme,
Elle aima, mais l'enfant aimait le bal aussi;
Elle aimait les festins, les vives mascarades,
Les propos séduisants de ses admirateurs,
La nuit, sous son balcon, les douces sérénades,
Les applaudissements, les murmures flatteurs; —
Lui n'aimait que Juliette : — en ses longues veillées,
Il rêvait qu'il posait la tête sur son sein,
Cueillant dans ses cheveux les roses effeuillées,
Et que son cœur battait, plein d'amour, sous sa main.

XI.

Avec elle ou loin d'elle, il était en délire,
Il l'adorait, sans voix, pâle, à ses pieds couché,
Embrassant ses genoux, n'implorant qu'un sourire,
Qu'un mot, pour tant d'amour :—humble et le front penché,
Non seulement alors il n'était plus Homère,
Ni César, ni Byron ; rival de Mahomet,
De son poids colossal n'oppressait plus la terre,
Ne la remuait plus alors comme un jouet ;
Alors il méprisait ces rêves de sa tête,
Tous ses rêves présents lui venaient de son cœur,
Il croyait du bonheur avoir atteint le faîte,
Et n'entrevoyait plus un avenir meilleur.

XII.

Depuis que sa Juliette, en lui donnant la vie
Dans un baiser, lui dit : Je t'aime ! il oublia
Le passé, l'avenir, tout ce qui fait envie ;
Aimer ! à ce seul mot son destin se lia : —

Quel doux instant !—c'était par un beau soir d'automne,
Juliette respirait la brise de la mer,
Le vent de ses cheveux soulevait la couronne,
Sa robe dégrafée, et comme implorant l'air,
Laissait l'œil s'égarer sur sa poitrine blanche
Qu'agitait... le dirai-je ?.. oui, c'était le desir ;
Car, sans cela, pourquoi ce front pur qui se penche,
Cette prunelle humide, et pourquoi ce soupir ?

XIII.

Pourquoi ce feu subit qui brûle sa figure,
Alors qu'un bruit de pas parvient jusqu'au balcon ! —
Le pas devient plus fort ; — timide encore et pure,
Elle fuit se cacher dans l'ombre du salon. —
C'était Géronimo, — tremblant aussi comme elle,
Il vient, et son amour ne peut trouver un mot,
Ils se taisent tous deux ; — on n'entend que le flot
Qui murmure près d'eux en frappant la nacelle ; —
Mais si les battements de leurs cœurs s'entendaient,
Ah ! quelle voix pourrait égaler ce silence !... —

Ils se sont bien compris ; Géronimo s'avance :
Tous deux n'avaient rien dit, et leurs bras s'étendaient.—

XIV.

Un baiser a scellé l'aveu de leur tendresse ; —
Ils murmurent : Toujours ! aimer jusqu'à la mort ! —
Hélas ! tous les amants se font cette promesse ;
Plus tard avec l'amour le souvenir s'endort : —
Eh bien ! un jour au moins croyez à sa durée.
De nos illusions c'est la moins longue, hélas !
Mais elle est la plus douce... et la plus ignorée. —
Le malheur suit pourtant le bonheur pas à pas,
Le baiser le plus doux laisse de l'amertume,
L'espoir éteint tourmente, il blesse, le sang bout ;
Car tout s'attaque au cœur : le plaisir le consume,
C'est un feu trop ardent où l'amour se dissout. —

XV.

Ainsi laissons errer nos jours à l'aventure
Si nous craignons le mal qui succède au bonheur,

Contentons-nous en paix d'admirer la nature,
De contempler toujours l'œuvre du Créateur ;
Alors des passions évitant les secousses,
Voguant bien doucement sur un lac bien uni,
Nous pourrons traverser sur des nacelles douces,
Nos jours vides et froids, dans un calme infini. —
Mais la nature même est féconde en orages !
Le tonnerre est là haut comme la voix du sort !
Quel nautonier d'ailleurs changerait ses voyages,
Leur gloire et leurs dangers, contre l'ennui du port ? —

XVI.

Quel mortel, si l'amour brûla déja son ame,
Eût-il été trahi ! ne voudrait retrouver
Ce malheur plein d'ivresse ? — Une femme, une femme!
Seule du désespoir elle peut relever ; —
C'est un ange déchu ? — qu'importe ! c'est un ange.
Notre cœur s'amollit aux larmes de ses yeux :
On regrette toujours, quand tout passe et tout change,

D'un amour fortuné l'éclair mystérieux. —
Rendez-moi mes plaisirs au prix de mes souffrances,
Un tel bonheur dût-il m'enivrer un seul jour!
Et dût-il m'en coûter toutes mes espérances
Pour retremper mon cœur au foyer de l'amour! —

XVII.

Cependant c'est parfois la mort qui doit s'ensuivre; —
Parfois la haine éclot et s'élance du cœur,
Comme la lave en feu d'un volcan destructeur;
Et la haine parfois comme l'amour enivre. —
Géronimo! — laissons le temps nous éclairer: —
Pendant deux ans l'amour fut constant chez Juliette;
Employant tous les deux leurs jours à s'adorer,
Heureux quand un baiser, séduisant interprète
Des sentiments du cœur, sur leur front s'arrêtait;
Heureux quand dans un mot, un soupir, une étreinte,
Leurs ames se mêlaient! — jusqu'alors nulle crainte
D'un avenir douteux ne les inquiétait. —

XVIII.

On se lasse de tout, enfin, du bonheur même. —
Juliette n'avait plus que des baisers distraits,
Elle ne savait plus si bien dire: Je t'aime,
Et puis elle adorait le bal plus que jamais : —
Quelquefois il la vit, rêvant à sa toilette,
En tête à tête ; ou bien froide, elle s'étonnait
De la lenteur du temps, l'ennui la surprenait;
Elle ne tremblait plus quand il disait : Juliette !
En caressant son cou des flots de ses cheveux,
Ou que, prenant sa main d'une main frémissante,
Il y collait, heureux, sa bouche caressante,
Ou bien mêlant leurs bras et leur souffle amoureux.

XIX.

Oh ! oui, le cœur de l'homme est né pour la vengeance,
Car elle s'offre avant qu'il ait pu l'appeler,
Empressée elle accourt sur les pas de l'offense :
Sur son bras teint de sang jetez l'œil sans trembler.

L'homme craintif s'effraie, il l'éloigne, il la chasse;
L'homme fort la recueille en son sein agité,
Il la nourrit du fiel que sa pensée amasse. —
C'est plus tard que paraît la générosité :
Quand le poignard est prêt, quand sous la main levée
L'offenseur à vos pieds se traîne humble et soumis,
Peut-être que votre ame à ce terme arrivée,
Lui donnera la vie avec un froid mépris. —

XX.

Voyez Géronimo ; — pourtant il doute encore,
Sous des preuves son cœur ne s'est pas débattu ;
Malheureux ! il ne sait s'il hait ou s'il adore,
Il doute, et quel tourment ! douter !—mais qu'attends-tu ?
Interroge par-tout, cherche, la certitude
Est moins affreuse encor que ce doute inquiet :
Sois homme, et cache aux yeux ta lâche inquiétude ;
Ne va pas te prêter, misérable jouet,
Au rire indifférent de ces hommes sans ame ;
Cache ton cœur en feu sous un visage froid,

Qu'on ne te voye pas pleurer pour une femme;
Jusqu'aux femmes ici tous se riraient de toi. —

XXI.

C'était un soir aussi, — *par un beau soir d'automne,* —
La brise lui parut froide et le temps obscur, —
Et pourtant c'est Venise ; — un air chaud l'environne,
La lune se balance au milieu d'un ciel pur : —
C'est son ame qui, sombre et sans joie à cette heure,
A refroidi son corps : — pour quel fatal projet
A-t-il quitté ce soir sa paisible demeure ? —
Souvent son pas plus vite a fourni ce trajet ; —
Pourquoi ? — mais qui pourrait dévoiler ses pensées ?
Qui nous expliquera les rides de son front,
Ces paroles sans suite et qui sortent pressées ?
Pourquoi ce geste brusque et ce regard profond ?

XXII.

Pourquoi sous son habit sa main se glisse-t-elle ?
Que cherche-t-il ? — Son bras se roidit, il sourit,

Mais quel sourire étrange! — une vive étincelle
A jailli de ses yeux : — il frémit ! — son esprit
Semble le devancer dans sa marche incertaine. —
Lui que j'ai vu si gai, si beau dans le bonheur,
D'où vient donc qu'il est pâle et qu'il respire à peine?
Le sang s'est retiré tout entier vers son cœur ; —
Il s'arrête : — Ah ! voici la maison de Juliette,
Pourquoi n'entre-t-il pas ? — il hésite un instant;
Mais ce n'est qu'un éclair, il relève la tête,
Il entre ; — à sa Juliette il est toujours constant. —

XXIII.

Que ne peut-on jeter un voile impénétrable
Sur les évènements dont l'amer souvenir
Nous poursuit en tyran !—Quel tourment est semblable
A ce passé cruel qui trouble l'avenir,
A ces pensers qui font notre vie et nos rêves,
Qui toujours sans pitié se dressent devant nous,
Nous harcellent, nous font une guerre sans trêves?

Et quand parfois l'esprit pourrait se croire absous,
Quand l'Espérance enfin, nouvelle et douce aurore
D'un jour nouveau plus pur qui s'éveille joyeux,
Des plus riants tableaux vient nous charmer encore :
Ils se lèvent, tout fuit : — l'enfer chasse les cieux. —

XXIV.

Et sur-tout la douleur nous poursuit sans relâche
Quand dans notre ame en feu nous sentons un remords,
Quand nous voyons sur nous du sang noir, une tache
Que rien n'effacera ; car si jamais les morts
Ne peuvent ici-bas à nos yeux apparaître,
Le cœur coupable au moins peut trop souvent les voir :
Avant qu'avec le jour le bruit commence à naître,
Quand seul, et sous un ciel silencieux et noir,
Rien ne vient entre vous et vos sombres pensées,
En vain vous implorez l'oubli dans le sommeil ;
Et si vous succombez sous ces frayeurs glacées,
Votre esprit près de vous les retrouve au réveil. —

XXV.

Il entra donc. — Juliette était seule, agitée ; —
L'amour l'avait-il fait frémir comme autrefois
Au seul bruit de ses pas ? — Debout, pâle et sans voix,
Pleine de crainte ou bien par l'amour exaltée. —
Un homme indifférent n'eût su lequel des deux :
Lui n'y fut pas trompé. — «Rassieds-toi, ma Juliette ;
Tu ne m'attendais pas ?... Seul, j'étais malheureux,
Et je viens. — Que fais-tu ?... des soins de ta toilette
Tes doigts seuls s'occupaient, et tu pensais à moi,
J'en suis sûr ; ton amour si constant et si tendre
Est un grand bien pour moi : mais tu dois le comprendre,
Car mon amour de même est un besoin pour toi. —

XXVI.

«Ah ! tu le sais, pour toi j'aurais donné mon ame ;
Tout ce qu'on a rêvé d'amour, je l'ai senti ;
J'ai cru que sur la terre il n'était qu'une femme. —
Mais, comme à l'égoïsme on est assujetti !

Je t'aimais, te croyant le bonheur sur la terre,
Ange fait pour les cieux et tombé parmi nous,
Méprise du Seigneur : aussi t'aimer, te plaire,
Passer, reconnaissant, ma vie à tes genoux,
Ce fut là tout pour moi. — Toi, si belle et si bonne,
Ainsi t'associer à tout mon avenir,
C'était mal, oh! bien mal; mais que veux-tu? pardonne,
Toute folle pensée est si prompte à venir! —

XXVII.

« Et puis je me disais (car toujours on se flatte,
Aux pensers d'égoïsme on trouve un beau côté) : —
Juliette à tant d'amour ne sera pas ingrate,
Son cœur comme le mien fuira la liberté,
En ce cas mon bonheur c'est le sien. — Ma Juliette,
Un homme devient fou s'il aime autant que moi.
Vois-tu : si tu parais souffrir, je m'inquiète;
Si tu ris, moi je ris; tout ce qui vient de toi
Prend ton charme à mes yeux, tes livres, ta parure,
Oui, tout. J'aime le bal, car tu danses si bien!

J'aime le chant aussi, car ta voix est si pure !
Joie ou douleur enfin mon cœur prend tout du tien. —

XXVIII.

«Ma Juliette !... et pourtant il faut que tout finisse,
Je ne puis t'enchaîner, te défendre l'oubli ;
Chez vous l'amour n'est pas si fort, si long, il glisse
Ainsi que ton image en ce miroir poli. —
Sur le canal mouvant l'air peut marquer sa trace ;
Mais que le vent se taise, et le sillon s'efface :
Des femmes, je le crois, tout semblable est le cœur ;
N'est-ce pas vrai ? — réponds ;—aimer est leur bonheur,
Elles aiment souvent. —J'étais fou de prétendre...
Mais tu m'as pardonné, Juliette, n'est-ce pas ?...
A défaut de mon cœur ma voix se fait entendre. —
Tu détournes les yeux : d'où vient ton embarras ?

XXIX.

«Pourquoi sous mon regard baisses-tu ta paupière?
Ma voix est douce encor, ma bouche te sourit,

Tu commandes ici, de moi vient la prière...
C'est donc le souvenir qui trouble ton esprit?...
Alors écoute-moi, car c'est assez sourire,
Car mon ame est souffrante et ma parole ment...
Je sais qu'une promesse est souvent un martyre,
Je viens te relever enfin de ton serment. » —
Tout-à-coup rejetant son masque de tendresse,
Il se leva, laissant la rage de son sein
Jaillir comme un torrent ; fixant sur sa maîtresse
Son œil de feu, vers elle il étendit la main : —

XXX.

« Ici l'amant se tait, et le juge commence :
Ce que t'a dit souvent en vain ta conscience,
Je le dirai si haut qu'enfin tu l'entendras ;
Tu sais que frémissante un jour entre mes bras,
Juliette, tu m'as dit, mêlant à tes paroles
Des pleurs et des baisers : T'aimer jusqu'à la mort!...
Ton heure est donc venue? — Ou peut-être ai-je tort

De m'être souvenu de serments si frivoles ? —
Non, non, je m'en souviens : Toujours ! tu me l'as dit,
Et tu ne m'aimes plus ; — n'est-ce pas vrai, Juliette ?
Eh bien ! comme ton cœur ta voix est donc muette ?
Ne trouveras-tu pas quelque serment maudit ? —

XXXI.

«Suis-je fou, réponds-moi, d'avoir cru qu'une femme
Pouvait vivre long-temps et n'avoir qu'un amour ?
Oui, fou d'avoir jugé ton ame sur mon ame ;
Sur ces éternités qui ne durent qu'un jour
D'avoir bâti ma vie en un instant brisée :
Quand tes pleurs, tes soupirs, malfaisante rosée,
Fécondaient mon amour, suis-je fou, réponds-moi,
Aveugle, d'avoir eu des yeux rien que pour toi ?
Suis-je fou d'avoir cru que tout était mensonge,
Hors ton amour ? — C'est vrai, je n'ai pas voulu voir
Le gouffre du malheur où ton cœur faux me plonge. —
Bien : — mais folie, amour, tout finira ce soir. —

XXXII.

«Quoi! toujours des serments!—Et qu'osez-vous me dire?
Vous m'aimez! — fausseté comme tous vos serments:
J'en rirais si jamais encor je pouvais rire,
Mais rire quand la mort vous compte les moments!...
La nuit vient, le temps presse, écoutez-moi; silence! —
Est-ce moi que ce soir vous attendiez ici?
Non; — quand mon pas de loin à votre impatience
Se fit entendre, alors vous dîtes: Le voici!
Tout comme vous disiez, lorsque simple et sans crainte,
Empressé j'accourais vers mon unique bien;
Mon retard de votre ame arrachait une plainte;
C'était mon tour alors, maintenant c'est le sien.—

XXXIII.

«Et lorsqu'enfin ici vous m'avez vu paraître,
Vous en avez frémi; mais il n'était plus temps
Aux commodes laquais de me faire connaître,
D'arrêter sur le seuil mes desirs trop constants;

Maintenant vous tremblez, vous craignez que cet autre
Ne vienne entre nous deux, madame; eh bien! tremblez,
Car je l'attends. — Vrai Dieu! son amour vaut le vôtre,
Il se fait bien attendre, et vous vous désolez;
A quoi bon? — les plaisirs se doublent par l'attente,
Le temps est toujours long pour un cœur amoureux,
L'absence fait souffrir, mais l'amour s'en augmente,
Attendons. — Mais ce soir nous serons bien heureux. »

XXXIV.

L'heure avançait, la nuit devenait plus obscure,
Un pas sur le parquet tout-à-coup résonna. —
Juliette alors, des pleurs sillonnaient sa figure,
Les mains jointes, priant, vers lui se retourna:
Géronimo!... pitié! — rien; il fut inflexible. —
« Taisez-vous! » — et lui-même il se tint à l'écart. —
On approchait. — La lune en ce moment terrible
D'un rayon pâle et doux seule aidait le regard. —
La porte, sur ses gonds glissant, livra passage
A ce nouvel objet d'un amour inconstant; —

Son nom? Laurenzino. — Malheureux! nul présage,
Rien ne l'a prévenu du destin qui l'attend!

XXXV.

« C'est moi, ma bien-aimée; » et vers elle il s'avance,
Les bras tendus, heureux, dans son brûlant transport:
« Pourquoi ce froid accueil? à mon impatience
Pourquoi te dérober? Qu'attends-tu donc?» — «La mort!»
Répond une voix sourde où tremble la colère. —
Les voici tout-à-coup face à face tous deux,
Pâles sous le rayon joyeux qui les éclaire,
Jeunes tous deux, tous deux offensés, courageux;
Leurs regards pleins de feu se croisent avec rage,
Tous deux, si les regards pouvaient faire mourir,
Seraient morts.—Ils sont beaux.—Juliette sans courage,
Ne peut crier, sa voix n'a pas même un soupir.

XXXVI.

A leurs pieds elle tombe enfin inanimée:
Mais leur ame à tous deux est trop envenimée,

Pour qu'un de leurs regards un moment attendri,
Arrête leur courage, enfant d'un cœur aigri ;
Chacun a reconnu son rival et s'avance,
Il faut qu'un des deux meure, il le faut.—«Battons-nous,
Non plus pour cette femme, oh ! non ; pour la vengeance.
Après de doux baisers le plaisir le plus doux
C'est la mort d'un rival ; tu crus que sur sa bouche
Nul amant avant toi ne cueillit le bonheur ;
Moi je crus à tout autre avoir fermé sa couche :
Tous deux trompés ; qu'un seul reste comme vengeur. »—

XXXVII.

Les fers se sont croisés, silence au loin, silence !
Car bientôt sous le sang les fleurs vont se faner ;
Nul pourtant du destin n'entraîne la balance,
Nulle faiblesse en eux ne peut se discerner ;
Leurs yeux cherchent la place où la cruelle épée
Introduira la mort en séparant les chairs. —
Voyez, comme leurs mains leur ame est occupée,

Des lames sans pitié jaillissent des éclairs;
Leurs pieds frappent le sol, leurs lèvres frémissantes
Laissent passer des sons, sons inarticulés,
Rompus, mais maudissant leurs forces impuissantes
Qui servent mal leurs cœurs par la rage gonflés. —

XXXVIII.

Ils sont bientôt au point d'oublier leur défense,
Le sang coule, sous eux il dessine leurs pas ;
Qu'importe donc mourir, pourvu que la vengeance,
Complète et sans regrets éclaire leur trépas ! —
Allons, courage ! entre eux trop long était l'espace,
Ils se sont rapprochés ; la main contre la main,
Le pied contre le pied, et roidis, face à face,
Leur haleine se mêle, ils cherchent dans le sein
La place où bat le cœur ; bientôt le fer pénètre,
Tous deux ensemble enfin ils s'arrêtent ; leurs yeux
Cherchent, ternes déja, si la mort va paraître :
Cherchez, — elle a posé la main sur tous les deux. —

XXXIX.

Chancelants un instant, ils tombent ; nulle plainte
Ne trouble ce moment.—Qu'importe !—ils sont vengés.
Oh ! non, non, ce n'est pas maintenant que la crainte
Pourrait entrer maîtresse en leurs cœurs outragés. —
A ce moment suprême, étendus sur la terre,
Soulevés à demi sur leurs bras languissants,
Le sang n'a pas éteint leur vivace colère ;
Mais épiant la mort sur leurs front pâlissants,
Ils attendent lequel à l'autre doit survivre : —
Laurenzino fléchit le premier. — Son esprit
Voudrait lutter en vain : le corps tombe, il doit suivre. —
Laurenzino mourut : — Géronimo sourit. —

XL.

Lors, comme si la mort trop froidement cruelle
Eût donné le signal, Juliette s'éveilla.
Croyant d'abord qu'en songe, une image infidèle
Avait trompé ses sens, elle s'agenouilla,

Desirant conjurer ce songe qui la glace. —
« A genoux, c'est très bien ! lui dit une voix basse ;
A genoux, priez Dieu pour les agonisants ;
Priez, car les regrets seront insuffisants.
J'avais voulu d'abord, pour punir votre crime,
Votre mort ; mais je suis chargé d'assez de sang,
Je veux qu'un mal plus grand vous suive et vous opprime,
Le souvenir : — adieu ; — le remords est puissant. »

AU FEU!

A MON VIEIL AMI,

P. L. JACOB, BIBLIOPHILE.

AU FEU!

Le mari doit protection à sa femme,
Code civil, art. 213.

I.

Chaque chose a son temps ; — montrons-nous moins sévères,
Apaisons des amants les sanglantes colères ;
Comme un antique, au mur suspendons le poignard ;
Enfin comme la main désarmons le regard :

Le plaisir trouve aussi des instants dans la vie,
Chez nous l'amour cruel fait rarement envie,
Nos cœurs sont trop légers ;— les doigts chargés de fleurs,
Sur nos yeux empressés nous étanchons les pleurs.

II.

Le plaisir ! il est seul notre roi, notre maître ;
Entouré de flatteurs il ne voit pas un traître ;
Et couronné de fleurs au milieu de sa cour,
Prolongeant dans la nuit les délices du jour,
Des révolutions défiant la tempête,
Jamais l'exil amer ne fit courber sa tête ; —
Nul être de l'ennui follement entêté,
Ne conteste en grondant sa légitimité. —

III.

Toujours frais et léger, toujours jeune et folâtre,
Il règne en vrai tyran sur un peuple idolâtre ;
Si parfois il s'endort, c'est au bruit des concerts ;
Il murmure en rêvant des baisers et des vers :

Dans ses bras caressants la volupté le berce,
Même dans son sommeil la mollesse lui verse
Un doux bonheur ; — en songe elle vient l'abuser,
Et la bouche entr'ouverte, il implore un baiser. —

IV.

Mais assez de cela. Venons à mon histoire,
Elle est vraie en tout point, et vous pouvez m'en croire.—
C'était, il m'en souvient, à Quimper-Corentin,
Premier indice, hélas ! d'un malheureux destin ;
Car des caricans bavards Quimper est la patrie,
Et là, beauté, laideur, froideur, galanterie,
Le dîner où de l'œil chacun compte les plats,
Tout doit alimenter les caquets scélérats. —

V.

Clémence avait vingt ans, elle était belle et bonne,
Et digne à son mari de donner la couronne,
Non couronne de rois, couronne de maris
Répandue en province aussi bien qu'à Paris :

Par inclination elle était vertueuse,
Elle eût pu se montrer de ses devoirs heureuse,
Se plaire en sa maison; mais le destin jaloux
Avait, comme à dessein, pris son indigne époux,

VI.

Époux malencontreux appelant l'adultère,
Mal formé, sans esprit, et soigneux de déplaire,
Méfiant et jaloux, honteux de sa laideur,
S'en prenant à sa femme et pour un rien boudeur;
Ou pire encor, parfois voulant faire l'aimable,
Prétendant qu'à son air on prît un air semblable;
Enfin voulant sur lui modeler sa maison,
Ainsi que le soleil règle chaque saison.

VII.

Dieu l'a dit : à chacun rendez toujours justice. —
Or, de ce jugement l'heureux et beau complice
Était un grand jeune homme âgé de vingt-cinq ans;
Il avait de l'esprit, il fit force serments;

En place du cœur froid de ce mari morose,
Il promit du bonheur, et mainte et mainte chose :
Des défauts du mari son empire s'accrut,
Il dit : Je sais aimer ; — on l'aimait, on le crut. —

VIII.

L'adultère est un mot dont souvent on abuse,
Tel mari qui se plaint lui-même en est l'excuse ;
Il faudrait une loi pour ceux qui sont trop laids,
Ou méchants ; ces messieurs qui se jugent parfaits,
Sultans en habit noir, paraissent vraiment croire
Qu'être unie à leurs jours est déja trop de gloire. —
Pour moi, si j'étais femme, oh ! gare la leçon !...
Mais pour parler ainsi, messieurs, je suis garçon. —

IX.

Mais n'importe, ils s'aimaient : — tout est dit quand on aime,
L'amour porte, on le sait, son pardon en lui-même ;
Ils aimaient tous les deux pour la première fois,
Et bien nouvellement, aussi gestes et voix

Trahissaient de leur cœur l'imprudente tendresse. —
Pourtant il fallait craindre un mot, une caresse,
A cause du mari ; pensant à l'avenir
(Clémence avait un fils), elle ne pouvait fuir.

X.

A ce tourment cruel il fallait mettre un terme,
Contre l'amour qui prie on n'est jamais bien ferme ;
Tous deux voulaient se voir seul à seul, se parler...
Oui, mais Clémence alors ne pouvait sans trembler,
Penser qu'un jour peut-être on lirait dans leurs ames...
C'est ce qui bien souvent fait la vertu des femmes,
C'est ce qui fait aussi le charme de l'amour ;
L'amour grandit à l'ombre et s'éteint au grand jour. —

XI.

Ils ne pouvaient pas même échanger des œillades ;
A la messe, au sermon ou dans les promenades,
Dans les salons, par-tout, des yeux suivaient leurs yeux,
On épiait du cœur l'accent mystérieux ;

Puis on les observait, lorsque leurs mains tremblantes
Se touchant, remplaçaient des paroles brûlantes ;
Ils s'abstenaient souvent du mot le plus banal,
Tant ils craignaient tous deux le fiel provincial. —

XII.

Cette contrainte affreuse en pleurs était féconde ;
On voulait être heureux, il fallait loin du monde,
Loin du regard perçant et du rire envieux,
Trouver une retraite obscure à tous les yeux,
Où les baisers discrets donnés dans le silence,
Pussent des médisants fatiguer la constance,
Et par un doux mystère augmentant le plaisir,
De l'attrait du larcin redoubler le desir.

XIII.

Ils trouvèrent bientôt une chambre isolée,
Où leur tendresse enfin, heureuse et recéléc,
Pût ravir en secret les biens du paradis,
Et savourer en paix des baisers impunis.

Plus de danger pour eux ; — la rue était déserte,
La maison très petite, et la servante alerte ;
Celle-ci ne savait ni leur nom ni leur rang,
Mais elle eût su connaître un époux entre cent. —

XIV.

Or donc, adieu cancans et larmes et contrainte ;
Ces amants fortunés n'avaient plus qu'une crainte,
C'était de ne pouvoir mesurer à leurs vœux
Le nombre et la longueur de leurs moments heureux ;
Pour tant d'ardeur c'était encor peu que la vie :
Par un seul sentiment leur pensée asservie,
Errait dans les salons comme dans des déserts ;
Cette chambre petite était leur univers. —

XV.

Un soir donc ils goûtaient leur bonheur solitaire.
La lune avait voilé sa traîtresse lumière,
Soit par trop de pudeur, soit par compassion ;
Enfin il faisait noir. — La douce émotion

Qui se cache et se tait quand le jour l'embarrasse,
Dans l'ombre, loin du bruit, retrouve de l'audace,
Et sans répudier l'attrayante pudeur,
Au moins en mots divins laisse parler le cœur.

XVI.

Les rideaux abaissés sur la couche amoureuse,
Arrêtaient les rayons d'une bougie honteuse,
Et comme en une tente à l'abri des hivers,
Pour les amants heureux enfermaient l'univers. —
« Parle encor, dit Arthur, oh ! parle, ma Clémence ;
Ta parole à mon cœur est comme l'espérance,
Tes pensers sont les miens, tes rêves je les vois,
Notre avenir d'amour s'agrandit à ta voix. »

XVII.

Il mêlait aux discours de brûlantes caresses,
De sa Clémence alors baisait les longues tresses,
En formait un réseau pour l'attacher à lui :
Sur mon cœur, disait-il, viens chercher un appui. —

Et c'étaient des baisers, des rires, puis encore
Des baisers enivrés qu'une ame froide ignore,
De ces mots où le cœur va puiser des desirs ;
C'était un long silence, et puis de longs soupirs ; —

XVIII.

Quand tout-à-coup la nuit devient étincelante ;
La lueur en tremblant se glisse sous la tente,
Et comme dans le bain un regard indiscret,
De Clémence oublieuse emporte le secret. —
Un cri s'entend : au feu ! puis la rumeur commence,
Du peuple rassemblé la forte voix s'élance ;
Au feu ! — la voix grandit, elle approche avec bruit :
Les cris et la lumière interrompent la nuit. —

XIX.

« Clémence, au feu ! partons, eh vite ! le temps presse. »
Effrayé pour l'objet de sa vive tendresse,
Il s'élance, et saisit les vêtements épars ;
Car la foule déja jette de longs regards

Sur la maison hier bienheureuse et discrète,
Qui s'ouvre à tous les yeux d'une masse inquiète :
Mais Clémence perdant sa force avec l'espoir,
Semble avoir de sa vie atteint le dernier soir. —

XX.

Le feu gagne, — et pourtant demi-nue et mourante,
Elle trompe d'Arthur l'ardeur impatiente ;
Assise sur le lit, pâle et les bras pendants,
L'œil fixe, elle s'oublie en retards imprudents.
En vain lui qui se meut, crie et se désespère,
Du feu déja plus fort lui montre la lumière,
Elle demeure ; — il veut, la prenant dans ses bras,
La sauver, en fuyant, du plus affreux trépas.

XXI.

« Oh ! non, jamais ; —Arthur, fuis sans moi, lui dit-elle.
Fuis ! ô mon bien-aimé, fuis cette mort cruelle !
Mais laisse-moi. — Mon Dieu ! quel affreux châtiment !
Mais, Seigneur, est-on donc si coupable en aimant ! —

Ah! — du peuple on entend la voix tumultueuse,
Nous ne pourrions percer la foule impétueuse,
Sans être reconnus nous ne pouvons sortir,
Et tout serait fini : — plutôt cent fois mourir.

XXII.

« Non ; — servir de risée à toute cette ville,
Et traîner une vie au bonheur inhabile,
Sans te revoir jamais ! oh ! non, plutôt la mort ;
La terre du tombeau se rit des coups du sort : —
Affronter d'un mari la haine et la vengeance,
Oh ! non, restons ici ; — laissons la Providence
Du haut d'un ciel discret abaisser l'œil sur nous ;
Eh ! qu'importe mourir ! mourir ensemble est doux. »

XXIII.

Très bien; mais vivre ensemble est mieux: Arthur le pense.
L'homme est bien égoïste! — « Écoute-moi, Clémence,
Lui dit-il, hâtons-nous, sans toi je ne pars pas,
Peut-être j'oublierai la douleur dans tes bras :

Moi d'ailleurs ce n'est rien ; — mais toi ! — Viens, le temps presse ;
Ah ! si tu te souviens encor de ma tendresse,
Viens, fuyons ; un instant encore il n'est plus temps ;
Fuyons, dépêchons-nous, Clémence, je t'attends. » —

XXIV.

Bientôt dans l'escalier un pas s'est fait entendre. —
La servante à la fin lasse de les attendre,
Inquiète à son tour, voyant le feu grandir,
Près de la porte accourt leur criant de sortir ;
Mais elle a beau crier, sa peine est inutile,
Car Clémence tient bon, Arthur reste immobile
Et muet, imposant silence à sa frayeur,
Mais, quoique tendre amant, héros à contre-cœur.

XXV.

La servante croyant qu'ils ont, sans lui rien dire,
Décampé dès long-temps, en hâte se retire,
Laissant nos deux héros pâles se regardant,
Tous deux sans fuir la mort, tristes en l'attendant. —

Puis bientôt la chaleur dans la chambre pénètre,
La flamme en s'élançant dévore la fenêtre,
Et d'une heureuse fin brillant avant-coureur,
Couronne les martyrs immobiles d'horreur. —

XXVI.

Alors on entend mieux la foule qui s'écrie. —
Les pompiers combattant les flammes en furie,
Hardis, le pot en tête et de la pompe armés,
Inondent à propos les lambris enflammés,
Et sur les deux amants, voluptueux baptême,
Jettent l'onde à grands flots dans ce moment suprême. —
C'en était trop enfin : — ils voulaient bien mourir ;
Mais le froid et le chaud contre eux viennent s'unir. —

XXVII.

Arthur de l'escalier ouvre aussitôt la porte,
Il enlève Clémence et dans ses bras l'emporte,
Et la crainte et l'espoir précipitent ses pas ;
Mais il n'était plus temps : hélas ! trois fois hélas !

Du bas de l'escalier une voix effrayante
Dans leur ame amollie a jeté l'épouvante,
Et Clémence en son cœur par la douleur aigri,
Plus que jamais encore a maudit son mari.

XXVIII.

C'était lui, cet époux d'une humeur si sévère,
Aux portes de l'enfer placé comme Cerbère;
Nul moyen de passer sans passer près de lui. —
« Si j'osais, dit Arthur, implorer son appui! —
C'est cela ! tout mari doit protéger sa femme,
Il lui doit en tous lieux et son corps et son ame. »
C'était probablement pour la première fois
Qu'un amant dans ce cas s'autorisait des lois.

XXIX.

Sur les marches alors il dépose Clémence,
S'élance dans la cour, près du mari s'avance,
Et lui prenant la main, lui dit : A mon secours
Venez, mon cher ami, protégez mes amours ;

Une femme est là haut très digne de tendresse,
Son époux étant rustre il la fit ma maîtresse ;
Il faut... vous comprenez ? —Très bien, très bien, dit-il,
Déja de vos amours, gaillard, je tiens le fil.

XXX.

Je suis un vieux routier, j'ai l'entente facile...
Mais dites-moi, mon cher, est-elle de la ville ? —
Oui certe, et fort jolie ; — oh ! vous me conterez... —
Oui, mais dépêchons-nous ; — demain vous me direz
Et son rang et son nom, son âge et sa demeure. —
Oui, mais voulez-vous donc qu'en haut elle demeure ?
Je vous le dis tout bas, mon ami, son époux
Viendra si nous tardons, car il est près de nous. —

XXXI.

Tant mieux, morbleu, tant mieux, l'histoire en est plus drôle ;
Je suis dans tout ceci charmé d'avoir un rôle ;
Demain à nos voisins nous pourrons le conter,
On en rira par-tout ; comme on va nous fêter !

Mon cher, j'en suis pour vous plein de reconnaissance :
Cependant gardez-vous d'en parler à Clémence,
Car c'est une vertu tendre à s'effaroucher;
En lui contant cela nous pourrions la fâcher.

XXXII.

— Nous ne lui dirons rien, fort bien, soyez tranquille.
Mais quittons maintenant ce discours inutile :
Pour sortir sans esclandre usez de l'ascendant
Que vous avez ici ; quant à moi cependant,
J'irai chercher ma dame ; or faites faire place,
Vous marcherez devant, je suivrai votre trace,
Puis, lorsque ma maîtresse en paix aura pu fuir,
Vous et moi nous irons chez moi nous réjouir. —

XXXIII.

Ainsi dit, ainsi fait : — le mari débonnaire,
La face rayonnante et la démarche fière,
De sa femme au logis protégea le retour ; —
Souvent il a vanté les hauts faits de ce jour. —

Mais c'est assez parler d'un mari philosophe;
Mon histoire aussi bien finit avec ma strophe;
Je ne dis plus qu'un mot, et c'est : Adieu, lecteur;
Puisse Dieu vous donner un semblable bonheur!

FIN

TABLE.

LIBRAIRIE

DE

THÉOPHILE BARROIS PÈRE ET BENJAMIN DUPRAT,

RUE HAUTEFEUILLE, N° 28, A PARIS.

DEUX NOUVELLES ET UNE PIÈCE, tirées des OEuvres de Ludwig Tieck, et traduites de l'allemand, par Fulgence Fresnel. Amour et Magie. — Egbert le Blond. — Le Chat botté. 1 vol. in-12, papier fin satiné, 4 fr.

Cette élégante traduction donne une idée exacte du talent qui a élevé Tieck au rang des écrivains allemands les plus spirituels. Après avoir lu ce volume, on comprend combien sont mérités les éloges que Mad. de Staël accorde à cet auteur dans son éloquent ouvrage *De l'Allemagne*.

CAMPAGNE D'AFRIQUE EN 1830, avec un portrait du dey d'Alger, le tableau de l'organisation de l'armée, et un plan des travaux de siége. Par M. Fernel, chef de bataillon, de l'armée d'expédition. Seconde édition. 1 vol. in-8° br., 5 fr.

L'auteur de la campagne d'Afrique raconte, avec une franchise militaire qui n'exclut ni le talent de l'observateur, ni le mérite de l'écrivain, l'expédition dont il a partagé les périls et l'honneur. Cet ouvrage est l'exposé fidèle des opérations qui allaient détruire la piraterie dans sa patrie naturelle, et délivrer la chrétienté de l'espèce de dictature exercée sur la civilisation.

ALGER SOUS LA DOMINATION FRANÇAISE; SON ÉTAT PRÉSENT ET SON AVENIR; par M. le baron Pichon, conseiller d'état, ancien intendant civil d'Alger. 1 vol. in-8°, avec cartes, br. 8 fr.

CONSTANTINOPLE ET LE BOSPHORE DE THRACE, par le général Andréossy, ancien ambassadeur à Constantinople. 1 vol. in-8° br., avec atlas in-fol., 15 fr.

Le même, papier vélin, 30 fr.

Depuis la fondation de Constantinople jusqu'aux événements les plus remarquables du règne de Mahmoud II, tout ce qui tient à l'histoire de cette importante partie de l'Europe et des peuples qui l'ont habitée, est peint à grands traits dans cet ouvrage. Le sultan actuel et la révolution qui l'a mis sur le trône, l'intérieur du sérail, la division politique de l'empire, les mesures qui ont préparé la destruction des janissaires, le khalifat, les derviches, les mosquées, la police intérieure, l'esclavage et l'affranchissement chez les Turcs; tels sont les sujets qui passent successivement sous les yeux des lecteurs. Un second livre offre la description détaillée, physique et géologique du Bosphore; et le troisième livre expose le système des eaux compris dans le Delta de Thrace, et qui sert à abreuver Constantinople et ses faubourgs. L'ouvrage est terminé par une nomenclature de tous les ambassadeurs français qui ont été accrédités à Constantinople, avec un précis des principaux événements survenus durant leur ambassade. Cette notice, qui intéresse nombre de familles., est un tableau vivant et animé de la politique des puissances chrétiennes à l'égard de la Turquie, durant une période de trois cents ans. L'atlas représente les principaux monuments de Constantinople, tout le système de conduite des eaux, les châteaux d'Europe et d'Asie, et les rives du Bosphore.

CHRONIQUE DE JUILLET 1830, par M. Louis Rozet, 2 vol. in-8° br., 15 fr.

On a beaucoup disputé depuis deux ans sur la question de savoir ce que c'est que la révolution de Juillet, quel en a été l'esprit et le but. C'est dans l'histoire de cette révolution, fidèlement reproduite, qu'il faut en chercher le sens et la véritable portée. M. Rozet a évité le plus grand écueil des mémoires et des histoires contemporaines, celui de personnifier une grande révolution dans un parti ou dans un homme auquel on rattache tout, auquel on sacrifie tout. Les événements s'expliquent bien par eux-mêmes quand on les laisse parler leur propre langage. L'auteur de la Chronique de Juillet n'affecte rien, n'exagère rien; il raconte avec exactitude et vérité; il est simple, naturel et de bon goût dans son style : voilà pourquoi il touche et intéresse vivement; tous ses documents sont pris à de bonnes sources; il est le rapporteur exact des faits officiels; il est plus que cela, c'est un homme d'esprit qui écrit fort bien.

Journal des Débats.

OEUVRES DE LÉONARD, en vers et en prose, publiées par Campenon, 3 vol. in-8° br., 9 fr.

SATYRES ET AUTRES OEUVRES DE REGNIER, accompagnées de remarques historiques, in-4° fig., 6 fr.

OEUVRES DU DUC DE NIVERNOIS, contenant fables, mélanges, Richardet, etc., 8 vol. in-8° br., 20 fr.

OEUVRES DE GRESSET, 2 vol. in-12 br., 3 fr.

OEUVRES COMPLÈTES DE REGNARD, avec figures de Moreau, 6 vol. in-8° br., 18 fr.

MÉDITATIONS D'HERVEY, traduites de l'anglais par Letourneur, in-12 br., 2 fr.

LE PARADIS PERDU de Milton, traduit de l'anglais par Dupré de Saint-Maur, 3 vol. in-12 br., 6 fr.

LES SAISONS, poëme, par Saint-Lambert, in-12 br., 2 fr.

LES JARDINS, poëme, par Delille, in-12 br., 1 fr.

FABLES DE LA FONTAINE, petit in-12 br., 2 fr.

OEUVRES DIVERSES DE LA FONTAINE, 4 vol. petit in-12 br., 6 fr.

FABLES, CONTES ET ÉPITRES, par Lemonnier, in-8° br., 2 fr.

FABLES ET DISCOURS en vers, par Louis Th. Hérissant, in-12 br., 1 fr.

FABLES NOUVELLES en vers, par Pesselier, in-8° br., 2 fr.

LES ORNEMENTS DE LA MÉMOIRE, OU LES TRAITS BRILLANTS DES POÈTES FRANÇAIS LES PLUS CÉLÈBRES, in-12 br., 1 fr. 50 cent.

www.ingramcontent.com/pod-product-compliance
Ingram Content Group UK Ltd.
Pitfield, Milton Keynes, MK11 3LW, UK
UKHW031902260826
14628UKWH00002B/943

9 782019 246556